SHODENSHA
SHINSHO

JN306645

」で鍛える日本語力

汪

祥伝社新書

はじめに

私は能力開発の中心をなす言語プログラム「論理エンジン」を開発し、それを大学や高等学校などの教育機関に提供して大きな成果を上げてきた。

その結果、私が確信を得たのは、論理力、感性はもとより、人間の様々な能力は言語の使い方と密接な関係があるということである。

一方、私の元々の専門は近代文学である。そこで、文学作品を使って言語訓練を行ない、人間の持つ様々な能力を開発することができないかと思った。

かつて文学志望者は志賀直哉《しがなおや》や梶井基次郎《かじいもとじろう》などの名作を書き写して、文章修行をしたものだ。そこにちょっとした言語訓練を付加してみる。そのちょっとした工夫が思わぬ成果を上げるのではないか。

トレーニングの方法は簡単である。私が名作の名場面に、（　）を作る。あなたはその（　）にどんな言葉が書かれていたのかを考えてみるだけでいい。たかが空所問題と高《たか》をくくってはいけない。空所問題があなたの能力を鍛える様々なトレーニングとなる。

たとえば、接続語。本来接続語は文と文、語句と語句との論理的関係を示す記号である。そこで、接続語を意識して文章を読んでみる。作家がどのような接続語の使い方をしたのか。それを意識する訓練で、あなたの頭は自然と論理的な使い方になるのだ。

私が重要な語彙を（　）にする。あなたは作家がどのような言葉を使ったのかを推測する。もしも作家の使った言葉をずばりと指摘できるようになったとしたら、あなたの語彙力は大いに誇ることができるだろう。

今回は太宰治をテーマにした。

なぜ、太宰治なのか。

太宰はまさに言葉の魔術師である。読者の気持ちを鷲《わし》づかみにするのが何よりもうまい。だから、太宰の文章を吸収することで、論理力、感性、豊かな語彙力、レトリックの力、あらゆるものが手に入る。

第一、太宰は面白い。謎めいている。太宰の作品で様々なトレーニングをしながら、太宰の面白さ、その謎にほんの少しでも迫ることができたならと願っている。

二〇一二年二月

出口《でぐち》　汪《ひろし》

◉目次

本文DTP／アミークス　編集協力／コーエン企画

プロローグ

論理力を鍛えたい。

日本語力を磨きたい。

豊かな感性をもちたい。

会話力を身につけたい。

語彙力を増やしたい。

では、どうすればいいか？

簡単な方法を提示しよう。日本語の家庭教師を雇うのである。それも飛び切り優秀な家庭教師。そして、その先生から貪欲に盗むのである。

何も難しい理屈はいらない。習うよりも慣れよである。世に文章の天才が何人もいる。彼らの文章を真似てみることである。その呼吸まで体得すればいい。

でも、そんなすごい先生なんて身近にいないし、第一、雇うだけのお金なんてないと、あなたは思うかもしれない。

よろしい。

私が最高の先生を紹介しよう。しかも、家庭教師料は無料である。

では、太宰先生、よろしくお願いします。

『葉』

『葉』は、昭和九年（一九三四）、太宰治二十五歳のときに書かれた作品で、昭和十一年、処女作品集『晩年』に収められた。

『晩年』を刊行したとき、太宰はまだ二十七歳である。

その若さで、なぜ『晩年』なのか？

太宰は遺書のつもりで、『晩年』に収められている作品の一つ一つを書き綴っていったからである。もともと小説家志望だった太宰は、自殺をする前に自分の半生を振り返り、それを作品として結晶化しようとした。本書は、太宰治の自殺の原因を探る謎解きの書でもある。

次の文章は、『晩年』の冒頭に収められた作品『葉』の断片である。『葉』は次のヴェルレーヌのエピグラフから始められる。

選ばれてあることの
恍惚と不安と
二つわれにあり

太宰がランボーではなくヴェルレーヌの詩からその文学的出発をしたことは、私にとって実に興味深いことのように思われる。

「選ばれてあることの恍惚と不安」を素直に読み取ったならば、いや、それが太宰治だと思って読んだならば、「選ばれてある」＝「才能を持って生まれた」と解釈しがちであろう。その結果、太宰治はなんて鼻持ちならないやつだと思ってしまうかもしれない。

そこに太宰の罠《わな》が仕掛けられている。

ヴェルレーヌは当時同性愛の相手だったランボーから別れ話を持ちかけられ、狂乱の果てにブリュッセルの街でランボーに発砲する。銃はランボーの左手首を貫通し、ヴェルレーヌは投獄されてしまう。世に言うブリュッセル事件である。

その後、ランボーは『地獄の季節』を書き、詩とキリスト教を放棄する。一方、ヴェルレーヌは監獄の中で妻から離婚され、地位に名誉にとすべてを失ってしまう。その絶望の果てに神と出会ったのである。
「選ばれてあることの恍惚と不安」は、ヴェルレーヌにとってはおそらく「自分ほど絶望と苦悩を味わった人間はそういない、だから、神と出会えたのだ」、といった意味ではなかったか。
太宰は容貌といい、早熟であったこと、夭逝《ようせい》したことなど、一見ランボーとイメージが重なりがちである。だが、太宰が文学的出発として選んだのが、ヴェルレーヌの回心の詩であったことは、彼の文学を知る上で重要な鍵であるように思えるのだ。

死のうと思っていた。ことしの正月、よそから着物を一反もらった。お年玉としてである。着物の布地は麻であった。鼠色のこまかい縞目が織りこめられていた。これは夏に着る着物であろう。夏まで生きていようと思った。

『葉』

麻の着物一反の命である。その頃の太宰にとって、生きるというのはそれだけのことだったのかもしれない。

満月の宵。光っては崩れ、うねっては崩れ、逆巻き、のた打つ浪のなかで互いに離れまいとつないだ手を苦しまぎれに俺が故意と振り切ったとき女は忽ち浪に呑まれて、たかく名を呼んだ。俺の名ではなかった。

『葉』

太宰の最初の心中事件がモデルだと言われている。相手の田部あつみ（本名田部シメ子）が死に、太宰一人が生き残った。

「ここを過ぎて悲しみの市。」

友はみな、僕からはなれ、かなしき眼もて僕を眺める。友よ、僕と語れ、僕を笑え。ああ、友はむなしく顔をそむける。友よ、僕に問え。僕はなんでも知らせよう。僕はこの手もて、園を水にしずめた。僕は悪魔の傲慢さもて、われよみがえるとも園は死ね、と願ったのだ。もっと言おうか。ああ、けれども友は、ただかなしき眼もて僕を眺める。

大庭葉蔵《おおばようぞう》はベッドのうえに坐って、沖を見ていた。沖は雨でけむっていた。

夢より醒め、僕はこの数行を読みかえし、その醜さといやらしさに、消えもいりたい思いをする。やれやれ、大仰きわまったり。


『道化の華』


「ここを過ぎて悲しみの市。」

このエピグラフは、ダンテの「神曲」から引用したものである。

ダンテが今から地獄に入ろうとしたとき、その入り口に掲げてあった言葉である。

「ここを過ぎたら悲しみの街。これから先は一切の望みを絶て」と、その立て札には書かれてあった。


では、日本語トレーニングの開始である。

※【問題】ごとの点数の合計（100点満点）による評価が、各章の最後にまとめてあります。

第一章　接続語で論理力を鍛える

同じ顔をした人間がこの世に二人といないように、作家それぞれによって言葉の使い方はみんな違う。作家の文体はその作家の個性そのものと言ってもいいだろう。

ところが、接続語の使い方だけは別である。もちろん、「けれども」「だが」「ところが」のどれを用いるかは作家の自由だが、順接であるところのものを逆接に用いることはできない。なぜならば、接続語は文と文、語句と語句との論理的関係を示す記号であるからだ。

それゆえ、接続語に着目して文章を読むことで、論理力を確実に鍛えることができるのだ。そこで、本書の日本語トレーニングは、接続語の使い方から始めることにする。

接続語とは、接続詞と接続助詞、そして一部の副詞を指す。太宰治と同じ接続語の使い方が自然とできるようになったとき、あなたはすでに文章を論理的に扱うことができるようになっているはずだ。

『思い出』からの出題

『思い出』は昭和八年（一九三三）に発表された自伝的小説で、後に作品集『晩年』に収録される。昭和八年は、日本が戦争へとまっしぐらに突き進もうとしていた時代である。

太宰治はなぜ死ぬことばかり考えていたのか？

彼は、明治四十二年（一九〇九）、津島修治として生を受けたのだが、その津島家は東北随一の大地主であり、父は貴族院議員、兄（三男）は後に青森県知事となる。

子どもの時から頭脳明晰で、男前、茶目っ気があり、お洒落でと、太宰はまさに幸福になるべき条件をすべて兼ね備えて生まれてきたように思える。それなのに、若いときから死ぬことばかり考えてきた。なぜか？

その謎を解き明かす鍵が、『思い出』の中に垣間《かいま》見ることができる。もちろん『思い出』は小説であるから、「私」＝「太宰」とは言い切れない。そこには多少のフィクションが混じっている。それでも、私小説である限り、主人公の私は太宰治と近似値だと言ってもさしつかえない。

【問題1】

黄昏《たそがれ》のころ私は叔母《おば》と並んで門口に立っていた。叔母は誰かをおんぶしているらしく、ねんねこを着て居た。その時の、ほのぐらい街路の静けさを私は忘れずにいる。叔母は、てんしさまがお隠れになったのだ、と私に教えて、生き神様《いがみさま》、と言い添えた。いきがみさま、と私も興深げに呟《つぶや》いたような気がする。（　　）、私は何か不敬なことを言ったらしい。叔母は、そんなことを言うものでない、お隠れになったと言え、と私をたしなめた。どこへ隠れになったのだろう、と私は知っていながら、わざとそう尋ねて叔母を笑わせたのを思い出す。

問　文中の（　　）に入る言葉を次の中から選びなさい。（3点）

さて　つまり　それから　しかし

答／　それから

解説

私が生き神様と呟いたこととと、次に何か不敬なことを言ったこととは、時間的順番に並べられているから、「それから」。

『思い出』の冒頭である。

人が自分の半生を振り返るとき、最初に語るべきはたいていは生みの母のことだろう。だが、太宰は母ではなく、「叔母」との思い出から語り始めたのだ。

ここで注目すべきことが、もう一つある。すでに四歳のとき、叔母を笑わせるために、知っていながらわざと知らないふりをしたのである。

『葉』の中でも、「役者になりたい」といった一行を、太宰はそっと書いている。幼い頃から、太宰は懸命に何かを演じようとしているのだ。

【問題2】

またある夜、叔母が私を捨てて家を出て行く夢を見た。叔母の胸は玄関のくぐり戸いっぱいにふさがっていた。その赤くふくれた大きい胸から、つぶつぶの汗がしたたっていた。叔母は、お前がいやになった、とあらあらしく呟くのである。私は叔母のその乳房に頰をよせて、そうしないでけんせ、と願いつつしきりに涙を流した。叔母が私を揺り起した時は、私は床の中で叔母の胸に顔を押しつけて泣いていた。眼が覚めてからも、私はまだまだ悲しくて永いことすすり泣いた。（　　）、その夢のことは叔母にも誰にも話さなかった。

問　文中の（　　）に入る言葉を次の中から選びなさい。（3点）

そして　つまり　たとえば　けれども

答／　けれども

解説

叔母の夢を見て、目が覚めてからも悲しくて泣いていたことと、それを誰にも話さなかったことは、論理の流れが逆転しているから、逆接「けれども」。

【問題3】

叔母についての追憶はいろいろとある（　　）、その頃の父母の思い出は生憎《あいにく》と一つも持合せない。曾祖母、祖母、父、母、兄三人、姉四人、弟一人、それに叔母と叔母の娘四人の大家族だった筈《はず》であるが、叔母を除いて他のひとたちの事は私も五六歳になるまでは殆ど知らずにいたと言ってよい。

問　文中の（　　）に入る言葉を次の中から選びなさい。（3点）

が　ので　し　と

答／が

解説

叔母についての追憶がいろいろとあることと、父母の思い出が一つもないことは論理の流れが逆転しているので、逆接の接続助詞「が」。

当時は大家族制度であった。太宰の兄弟は十一人（何人かは夭折《ようせつ》）、太宰はその十番目である。当然両親からの愛情を一身に受けて育ったわけではなく、太宰を誰よりもかわいがったのは叔母であり、そして、その後は子守のたけだった。

【問題4】

六つ七つになると思い出もはっきりしている。私がたけという女中から本を読むことを教えられ二人で様々の本を読み合った。たけは私の教育に夢中であった。私は病身だったので、寝ながらたくさん本を読んだ。読む本がなくなればたけは村の日曜学校などから子どもの本をどしどし借りて来て私に読ませた。私は黙読することを覚えていた（　　）、いくら本を読んでも疲れないのだ。たけは又、私に道徳を教えた。お寺へ屢々《しばしば》連れて行って、地獄極楽の御絵掛地《おえかけじ》を見せて説明した。火を放《つ》けた人は赤い火のめらめら燃えている籠《かご》を背負わされ、めかけ持った人は二つの首のある青い蛇にからだを巻かれて、せつながっていた。血の池や、針の山や、無間奈落《むけんならく》という白い煙のたちこめた底知れぬ深い穴や、到るところで、蒼白《あおじろ》く痩《や》せたひとたちが口を小さくあけて泣き叫んでいた。嘘を吐《つ》けば地獄へ行ってこのように鬼のために舌を抜かれるのだ、と聞かされたときには恐ろしくて泣き出した。

問　文中の（　　）に入る言葉を次の中から選びなさい。（3点）

が　し　けど　ので

答／　ので

解説　直後の「いくら本を読んでも疲れない」の理由が、直前の「黙読することを覚えていた」なので、逆接の接続助詞「ので」。

太宰に道徳を教え込もうとしたのが、子守のたけであった。そのために地獄極楽の絵をまだ幼い太宰に見せたのだが、その陰惨な絵のイメージが太宰の脳裏に焼き付き、その後の彼の感性に何らかの影響を及ぼしたに違いない。太宰自身が「嘘を吐けば地獄へ行ってこのように鬼のために舌を抜かれるのだ、と聞かされたときには恐ろしくて泣き出した。」とあえて書き記したことに着目したい。彼は他者の前では懸命に「演じる人」＝「役者」であるのだが、それはある意味では「嘘」に他ならない。

【問題5】

そのお寺の裏は小高い墓地になっていて、山吹《やまぶき》かなにかの生垣に沿ってたくさんの卒堵婆《そとば》が林のように立っていた。卒堵婆には、満月ほどの大きさで車のような黒い鉄の輪のついているのがあって、その輪をからから廻して、（　　　）、そのまま止ってじっと動かないならその廻した人は極楽へ行き、一旦とまりそうになってから、又かららんと逆に廻れば地獄へ落ちる、とたけは言った。たけが廻すと、いい音をたててひとしきり廻って、かならずひっそりと止るのだけれど、私が廻すと後戻りすることがたまたまあるのだ。秋のころと記憶するが、私がひとりでお寺へ行ってその金輪のどれを廻して見ても皆言い合せたようにからんからんと逆廻りした日があったのである。私は破れかけるかんしゃくだまを抑えつつ何十回となく執拗《しつよう》に廻しつづけた。日が暮れかけて来たので、私は絶望してその墓地から立ち去った。

問　文中の（　　）に入る言葉を次の中から選びなさい。（4点）

たとえば　そのうえ　つまり　やがて

答／　やがて

解説　直前の「輪をからから廻して」と、直後の「そのまま止ってじっと動かない」は、時間的順序。

以下は、太宰が小学校低学年の頃の思い出である。

【問題6】

学校で作る私の綴方《つづりかた》も、ことごとく出鱈目《でたらめ》であったと言ってよい。私は私自身を神妙ないい子にして綴るよう努力した。そうすれば、いつも皆にかっさいされるのである。剽窃《ひょうせつ》さえした。当時傑作として先生たちに言いはやされた「弟の影絵」というのは、なにか少年雑誌の一等当選作だったのを私がそっくり盗んだものである。先生は私にそれを毛筆で清書させ、展覧会に出させた。あとで本好きのひとりの生徒にそれを発見され、私はその生徒の死ぬことを祈った。やはりそのころ「秋の夜」というのも皆の先生にほめられたが、それは、私が勉強して頭が痛くなったから縁側へ出て庭を見渡した、月のいい夜で池には鯉《こい》や金魚がたくさん遊んでいた、私はその庭の静かな景色を夢中で眺めていたが、隣部屋から母たちの笑い声がどっと起ったので、はっと気がついたら私の頭痛がなおって居た、という小品文であった。此の中には真実がひとつもないのだ。庭の描写は、たしか姉たちの作文帳から抜き取ったものであったし、だいいち私は頭のいたくなるほど勉強した覚えなどさっぱりないのである。私は学校が嫌いで、（　　）学校の本など勉強したことは一回もなかった。娯楽本ばかり読んでいたのである。うちの人は私が本さえ読んで居れば、それを勉強だと思っていた。

問　文中の（　　）に入る言葉を次の中から選びなさい。（4点）

しかも　したがって　ところが　さて

答／　したがって

解説

直後の「学校の本など勉強したことは一回もなかった」の理由が、直前の「学校が嫌い」なので、因果関係を表わす「したがって」。

【問題7】

いい成績ではなかったが、私はその春、中学校へ受験して合格をした。私は、新しい袴《はかま》と黒い沓下《くつした》とあみあげの靴をはき、いままでの毛布をよして羅紗《ラシャ》のマントを洒落者《しやれもの》らしくボタンをかけずに前をあけたまま羽織って、その海のある小都会へ出た。そして私のうちと遠い親戚にあたるそのまちの呉服店で旅装を解いた。入口にちぎれた古いのれんをさげてあるその家へ、私はずっと世話になることになっていたのである。

私は何ごとにも有頂天になり易い性質を持っているが、入学当時は銭湯へ行くのにも学校の制帽を被《かぶ》り、袴をつけた。そんな私の姿が往来の窓硝子にでも映ると、私は笑いながらそれへ軽く会釈《えしやく》をしたものである。

（　）、学校はちっとも面白くなかった。校舎は、まちの端《はず》れにあって、しろいペンキで塗られ、すぐ裏は海峡に面したひらたい公園で、浪の音や松のざわめきが授業中でも聞えて来て、廊下も広く教室の天井も高くて、私はすべてにいい感じを受けたのだが、そこにいる教師たちは私をひどく迫害したのである。

私は入学式の日から、或る体操の教師にぶたれた。私が生意気だというのであった。この教師は入学試験のとき私の口答試問の係りであったが、お父さんがなくなってよく勉強もできなかったろう、と私に情ふかい言葉をかけて呉れ、私もうなだれて見せたその人であっただけに、私のこころはいっそう傷《きず》つけられた。そののちも私は色んな教師にぶたれた。にやにやしているとか、あくびをしたとか、さまざまな理由から罰せられた。授業中の私のあくびが大きいので職員室で評判である、とも言われた。私はそんな莫迦《ばか》げたことを話し合っている職員室を、おかしく思った。

問　文中の（　　）に入る言葉を次の中から選びなさい。（4点）

それなのに　そうして　つまり　要するに

答／　それなのに

解説

直前は、中学に合格したことに有頂天となったとあり、直後は、学校が面白くなかったとあるので、逆接「それなのに」。

太宰がいかに人におもねろうと日頃から演技していたか、そういった描写が彼の自伝的作品の随所に見られる。体操の教師に対しても、彼の情け深い言葉に対してうなだれてみせたから、自分に好意を抱いたはずだと信じ込んでいたのである。だから、その教師から生意気だと言われたとき、いっそう傷ついたのである。

太宰は絶えず人の顔色をうかがい、津島修治という虚像の人間を演じ続けることが常態化していったのではないか。

【問題8】

私と同じ町から来ている一人の生徒が、或る日、私を校庭の砂山の陰に呼んで、君の態度はじっさい生意気そうに見える、あんなに殴《なぐ》られてばかりいると落第するにちがいない、と忠告して呉れた。私は愕然《がくぜん》とした。その日の放課後、私は海岸づたいにひとり家路を急いだ。靴底を浪になめられつつ溜息ついて歩いた。洋服の袖で額の汗を拭いていたら、鼠色のびっくりするほど大きい帆がすぐ眼の前をよろよろとおって行った。
私は散りかけている花弁であった。すこしの風にもふるえおののいた。人からどんな些細《ささい》なさげすみを受けても死なん哉《かな》と悶《もだ》えた。私は、自分を今にきっとえらくなるものと思っていた（　　）、英雄としての名誉をまもって、たとえ大人の侮りにでも容赦できなかったのであるから、この落第という不名誉も、それだけ致命的であったのである。

問　文中の（　　）に入る言葉を次の中から選びなさい。（4点）

が　と　けど　し

答／し

解説

前の句が、次の句の「理由・原因」になっていることを表わす「し」。

なぜ人の前で必死で何かを演じようとしたのか？

「すこしの風にもふるえおののいた。人からどんな些細なさげすみを受けても死なん哉と悶えた。」

他者が怖くて仕方なかったのではないだろうか。生身の自分として人と接するのが怖くて、絶えず相手の視線を意識して、それに合わせて演技をする、そんな姿がここでも垣間見える。

【問題9】

私はよほど前からこの血色を苦にしていたものであった。小学校四五年のころ、末の兄からデモクラシイという思想を聞き、母までデモクラシイのため税金がめっきり高くなって作米の殆《ほとん》どみんなを税金に取られる、と客たちにこぼしているのを耳にして、私はその思想に心弱くうろたえた。（　　）、夏は下男たちの庭の草刈に手つだいしたり、冬は屋根の雪おろしに手を貸したりなどしながら、下男たちにデモクラシイの思想を教えた。そうして、下男たちは私の手助けを余りよろこばなかったのをやがて知った。私の刈った草などは後からまた彼等が刈り直さなければいけなかったらしいのである。

問　文中の（　　）に入る言葉を次の中から選びなさい。（4点）

そして　すなわち　たとえば　けれども

答／　そして

解説

直前の「その思想に心弱くうろたえた」ことと、直後の下男たちを手伝ったり、デモクラシイの思想を教えたことは、順接でつながっている。

太宰治とデモクラシイ（民主主義・太宰の場合は共産主義）との関係は重要である。このテーマは後に詳述する。

【問題10】

その頃はもう私も十五六になっていたし、手の甲には静脈の青い血管がうっすりと透いて見えて、からだも異様におもおもしく感じられていた。私は同じクラスのいろの黒い小さな生徒とひそかに愛し合った。学校からの帰りにはきっと二人してならんで歩いた。お互いの小指がすれあってさえも、私たちは顔を赤くした。いつぞや、二人で学校の裏道の方を歩いて帰ったら、芹《せり》やはこべの青々と伸びている田溝《たみぞ》の中にいもりがいっぴき浮いているのをその生徒が見つけ、黙ってそれを掬《すく》って私に呉れた。私は、いもりは嫌いであった（　）、嬉しそうにはしゃぎながらそれを手巾《ハンケチ》へくるんだ。うちへ持って帰って、中庭の小さな池に放した。いもりは短い首をふりふり泳ぎ廻っていたが、次の朝みたら逃げて了《しま》っていなかった。

問　文中の（　　）に入る言葉を次の中から選びなさい。（4点）

ので　し　けれど　なら

答／　けれど

解説

直前の「嫌い」と、直後の「嬉しそう」が、逆接。

【問題11】

私はたかい自矜《じきょう》の心を持っていたから、私の思いを相手に打ち明けるなど考えもつかぬことであった。その生徒へは普段から口もあんまり利かなかったし、また同じころ隣の家の瘦せた女学生をも私は意識していたのだが、此の女学生とは道で逢っても、ほとんどその人を莫迦《ばか》にしているようにぐっと顔をそむけてやるのである。秋のじぶん、夜中に火事があって、私も起きて外へ出て見たら、つい近くの社《やしろ》の陰あたりが火の粉をちらして燃えていた。社の杉林がその炎を囲うようにまっくろく立って、そのうえを小鳥がたくさん落葉のように狂い飛んでいた。私は、隣のうちの門口から白い寝巻の女の子が私の方を見ているのを、ちゃんと知っていながら、横顔だけをそっちにむけてじっと火事を眺めた。炎の赤い光を浴びた私の横顔は、きっときらきら美しく見えるだろうと思っていたのである。こんな案配であったから、私はまえの生徒とでも、また此の女学生とでも、もっと進んだ交渉を持つことができなかった。（　　）ひとりでいるときには、私はもっと大胆だった筈である。鏡の私の顔へ、片眼をつぶって笑いかけたり、机の上に小刀で薄い唇をほりつけて、それへ私の唇をのせたりした。この唇には、あとで赤いインクを塗ってみたが、妙にどすぐろくなっていやな感じがして来たから、私は小刀ですっかり削りとって了った。

問　文中の（　　）に入る言葉を次の中から選びなさい。（4点）

そして　つまり　さて　けれども

答／　けれども

解説

好きな人には進んだ交渉を持てなかったのに対して、一人でいるときは大胆だったので、逆接。

太宰はたえず人の目に自分がどう映っているのかを意識せざるを得なかったに違いない。自分が関心のある異性に対しては、なおさらだったのである。

もちろん誰だって多少は人の視線を意識することがあるだろう。だが、火事の炎に照らされた自分の横顔が美しく見えると思い、女の子に横顔ばかり見えるようにするなどは、やはり尋常ではない。やはりここでも無意識のうちに演じていたのである。

【問題12】

私が三年生になって、春のあるあさ、登校の道すがらに朱で染めた橋のまるい欄干へもたれかかって、私はしばらくぼんやりしていた。橋の下には隅田川に似た広い川がゆるゆると流れていた。全くぼんやりしている経験など、それまでの私にはなかったのである。うしろで誰か見ているような気がして、私はいつでも何かの態度をつくっていたのである。私のいちいちのこまかい仕草にも、彼は当惑して掌を眺めた、彼は耳の裏を掻きながら呟いた、などと傍から傍から説明句をつけていたのである（　　）、私にとって、ふと、とか、われしらず、とかいう動作はあり得なかったのである。橋の上での放心から覚めたのち、私は寂しさにわくわくした。そんな気持のときには、私もまた、自分の来しかた行末を考えた。橋をかたかた渡りながら、いろんな事を思い出し、また夢想した。そして、おしまいに溜息ついてこう考えた。えらくなれるかしら。その前後から、私はこころのあせりをはじめていたのである。私は、すべてに就いて満足し切れなかったから、いつも空虚なあがきをしていた。私には十重二十重《とえはたえ》の仮面がへばりついていたので、どれがどんなに悲しいのか、見極めをつけることができなかったのである。そしてとうとう私は或るわびしいはけ口を見つけたのだ。創作であった。ここにはたくさんの同類がいて、みんな私と同じように此のわけのわからぬおののきを見つめているように思われたのである。作家になろう、作家になろう、と私はひそかに願望した。

問　文中の（　）に入る言葉を次の中から選びなさい。（4点）

から　が　し　けれど

答／　から

解説

直後の「私にとって、ふと、とか、われしらず、とかいう動作はあり得なかった」理由が、直前の「傍から傍から説明句をつけていた」なので、「理由」を表わす接続助詞。

太宰は幼いときから十重二十重の仮面をつけていた。実は、その仮面の下では絶えず何ものかにおびえていたのだ。「此のわけのわからぬおののきを見つめている」といった感覚が、太宰の作家志望の動機となったのだ。

【問題13】

私と弟とは子どものときから仲がわるくて、弟が中学へ受験する折にも、私は彼の失敗を願っていたほどであったけれど、こうしてふたりで故郷から離れて見ると、私にも弟のよい気質がだんだん判って来たのである。弟は大きくなるにつれて無口で内気になっていた。私たちの同人雑誌にもときどき小品文を出していたが、みんな気の弱々した文章であった。私にくらべて学校の成績がよくないのを絶えず苦にしていて、私がなぐさめでもするとかえって不機嫌になった。（　　）、自分の額の生えぎわが富士のかたちに三角になって女みたいなのをいまいましがっていた。額がせまいから頭がこんなに悪いのだと固く信じていたのである。私はこの弟にだけはなにもかも許した。私はその頃、人と対するときには、みんな押し隠してしまうか、みんなさらけ出して了うか、どちらかであったのである。私たちはなんでも打ち明けて話した。

問　文中の（　　）に入る言葉を次の中から選びなさい。（4点）

そして　けれども　そこで　また

答／　また

解説

弟が苦にしていたことを列挙しているので、「並列」の「また」。

【問題14】

秋のはじめの或る月のない夜に、私たちは港の桟橋へ出て、海峡を渡ってくるいい風にはたはたと吹かれながら赤い糸について話合った。それはいつか学校の国語の教師が授業中に生徒へ語って聞かせたことであって、私たちの右足の小指に眼に見えぬ赤い糸がむすばれていて、それがするすると長く伸びて一方の端がきっと或る女の子のおなじ足指にむすびつけられているのである、ふたりがどんなに離れていてもその糸は切れない、どんなに近づいていても、たとえ往来で逢っても、その糸はこんぐらかることがない、（　　）私たちはその女の子を嫁にもらうことにきまっているのである。私はこの話をはじめて聞いたときには、かなり興奮して、うちへ帰ってからもすぐ弟に物語ってやったほどであった。私たちはその夜も、波の音や、かもめの声に耳傾けつつ、その話をした。お前のワイフは今ごろどうしてるべなあ、と弟に聞いたら、弟は桟橋のらんかんを二三度両手でゆりうごかしてから、庭あるいてる、ときまり悪げに言った。大きい庭下駄をはいて、団扇《うちわ》をもって、月見草を眺めている少女は、いかにも弟と似つかわしく思われた。私のを語る番であったが、私は真暗い海に眼をやったまま、赤い帯しめての、とだけ言って口を噤《つぐ》んだ。海峡を渡って来る連絡船が、大きい宿屋みたいにたくさんの部屋部屋へ黄色いあかりをともして、ゆらゆらと水平線から浮んで出た。

これだけは弟にもかくしていた。私がそのとしの夏休みに故郷へ帰ったら、浴衣に赤い帯をしめたあたらしい小柄な小間使が、乱暴な動作で私の洋服を脱がせて呉れたのだ。みよと言った。

問　文中の（　　）に入る言葉を次の中から選びなさい。（4点）

そうして　けれども　さて　たとえば

答／　そうして

解説

論理の流れに沿って、後の展開があるから、順接。

ここから『思い出』のハイライト。みよとの淡い、そしてはかない恋が語られるのである。

【問題15】

私は寝しなに煙草《たばこ》を一本こっそりふかして、小説の書き出しなどを考える癖があったが、みよはいつの間にかそれを知って了って、ある晩私の床をのべてから枕元へ、きちんと煙草盆を置いたのである。私はその次の朝、部屋を掃除しに来たみよへ、煙草はかくれてのんでいるのだから煙草盆なんか置いてはいけない、と言いつけた。みよは、はあ、と言ってふくれたようにしていた。同じ休暇中のことだったが、まちに浪花節《なにわぶし》の興行物が来たとき、私のうちでは、使っている人たち全部を芝居小屋へ聞きにやった。私と弟も行けと言われたが、私たちは田舎の興行物を莫迦《ばか》にして、わざと螢《ほたる》をとりに田圃《たんぼ》へ出かけたのである。隣村の森ちかくまで行ったが、あんまり夜露がひどかった（　　）、二十そこそこを、籠にためただけでうちへ帰った。浪花節へ行っていた人たちもそろそろ帰って来た。みよに床をひかせ、蚊帳をつらせてから、私たちは電燈を消してその螢を蚊帳《かや》のなかへ放した。螢は蚊帳のあちこちをすっすっと飛んだ。みよも暫《しばら》く蚊帳のそとに佇んで螢を見ていた。私は弟と並んで寝ころびながら、螢の青い火よりもみよのほのじろい姿をよけいに感じていた。浪花節は面白かったろうか、と私はすこし堅くなって聞いた。私はそれまで、女中には用事以外の口を決してきかなかったのである。みよは静かな口調で、いいえ、と言った。私はふきだした。弟は、蚊帳の裾に吸いついている一匹の螢を団扇でばさばさ追いたてながら黙っていた。私はなにやら工合がわるかった。
そのころから私はみよを意識しだした。赤い糸と言えば、みよのすがたが胸に浮んだ。

問　文中の（　　）に入る言葉を次の中から選びなさい。（4点）

が　し　ら　ので

答／　ので

解説
家に帰った理由が、直前の「夜露がひどかった」からなので、「理由」の「ので」。

【問題16】

みよの思い出も次第にうすれていたし、そのうえに私は、ひとつうちに居る者どうしが思ったり思われたりすることを変にうしろめたく感じていたし、ふだんから女の悪口ばかり言って来ている手前もあったし、みよに就いて譬《たと》えほのかにでも心を乱したのが腹立しく思われるときさえあったほどで、弟にはもちろん、これらの友人たちにもみよの事だけは言わずに置いたのである。

ところが、そのあたり私は、ある露西亜《ロシア》の作家の名だかい長編小説を読んで、また考え直して了った。それは、ひとりの女囚人の遍歴から書き出されていたが、その女のいけなくなる第一歩は、彼女の主人の甥《おい》にあたる貴族の大学生に誘惑されたことからはじまっていた。私はその小説のもっと大きなあじわいを忘れて、そのふたりが咲き乱れたライラックの花の下で最初の接吻を交したペエジに私の枯葉の枝折《しおり》をはさんでおいたのだ。私もまた、すぐれた小説をよそごとのようにして読むことができなかったのである。私には、そのふたりがみよと私とに似ているような気分がしてならなかった。私がいま少しすべてにあつかましかった（　　）、いよいよ此の貴族とそっくりになれるのだ、と思った。そう思うと私の臆病さがはかなく感じられもするのである。こんな気のせせこましさが私の過去をあまりに平坦にしてしまったのだと考えた。私自身で人生のかがやかしい受難者になりたく思われたのである。

問　文中の（　）に入る言葉を次の中から選びなさい。（4点）

し　が　ら　ので

答／　ら

解説　仮定法。もし私が今よりもあつかましかったなら、と仮定の話である。

【問題17】

私は此のことをまず弟へ打ち明けた。晩に寝てから打ち明けた。私は厳粛な態度で話すつもりであったが、そう意識してこしらえた姿勢が逆に邪魔をして来て、結局うわついた。私は、頸筋《くびすじ》をさすったり両手をもみ合せたりして、気品のない話かたをした。そうしなければかなわぬ私の習性を私は悲しく思った。弟は、うすい下唇をちろちろ舐《な》めながら、寝がえりもせず聞いていたが、けっこんするのか、と言いにくそうにして尋ねた。私はなぜだかぎょっとした。できるかどうか、とわざとしおれて答えた。弟は、恐らくできないのではないかという意味のことを案外なおとなびた口調でまわりくどく言った。それを聞いて、私は自分のほんとうの態度をはっきり見つけた。私はむっとして、たけりたけったのである。蒲団から半身を出して、だからたたかうのだ、たたかうのだ、と声をひそめて強く言い張った。弟は更紗染《さらさぞ》めの蒲団の下でからだをくねくねさせて何か言おうとしているらしかったが、私の方を盗むようにして見て、そっと微笑んだ。私も笑い出した。そして、門出だから、と言いつつ弟の方へ手を差し出した。弟も恥しそうに蒲団から右手を出した。私は低く声を立てて笑いながら、二三度弟の力ない指をゆすぶった。

（　）、友人たちに私の決意を承認させるときには、こんな苦心をしなくてよかった。友人たちは私の話を聞きながら、あれこれと思案をめぐらしているような恰好をして見せたが、それは、私の話がすんでからそれへの同意に効果を添えようためのものでしかないのを、私は知っていた。じじつその通りだったのである。

問　文中の（　）に入る言葉を次の中から選びなさい。（4点）

だから　しかし　つまり　たとえば

答／　しかし

解説

弟に話すのに苦心したことに対して、友人たちには苦心しなかったから、逆接。

【問題18】

四年生のときの夏やすみには、私はこの友人たちふたりをつれて故郷へ帰った。うわべは、三人で高等学校への受験勉強を始めるためであったが、みよを見せたい心も私にあって、むりやりに友をつれて来たのである。（中略）

私たち三人はひるめしどきを楽しみにしていた。その番小屋へ、どの女中が、めしを知らせに来るかが問題であったのである。みよでない女中が来れば、私たちは卓をぱたぱた叩いたり舌打したりして大騒ぎをした。みよが来ると、みんなしんとなった。そして、みよが立ち去るといっせいに吹き出したものであった。或る晴れた日、弟も私たちと一緒にそこで勉強をしていたが、ひるになって、きょうは誰が来るだろう、といつものように皆で語り合った。弟だけは話からはずれて、窓ぎわをぶらぶら歩きながら英語の単語を暗記していた。私たちは色んな冗談を言って、書物を投げつけ合ったり足踏して床を鳴らしていたが、そのうちに私は少しふざけ過ぎて了った。私は弟をも仲間にいれたく思って、お前はさっきから黙っているが、さては、と唇を軽くかんで弟をにらんでやったのである。（　　）弟は、いや、と短く叫んで右手を大きく振った。持っていた単語のカアドが二三枚ぱっと飛び散った。私はびっくりして視線をかえた。そのとっさの間に私は気まずい断定を下した。みよの事はきょう限りよそうと思った。それからすぐ、なにごともなかったように笑い崩れた。

問　文中の（　　）に入る言葉を次の中から選びなさい。（4点）

けれども　すなわち　まるで　すると

答／　すると

解説

私が弟をにらんだら、弟はいやと叫んだのだから、順接。

【問題19】

その日めしを知らせに来たのは、仕合せと、みよでなかった。母屋へ通る豆畑のあいだの狭い道を、てんてんと一列につらなって歩いて行く皆のうしろへついて、私は陽気にはしゃぎながら豆の丸い葉を幾枚も幾枚もむしりとった。

犠牲などということは始めから考えてなかった。ただいやだったのだ。ライラックの白い茂みが泥を浴びせられた。殊にその悪戯者《いたずらもの》が肉親であるのがいっそういやであった。

それからの二三日は、さまざまに思いなやんだ。みよだって庭を歩くことがあるでないか。彼は私の握手にほとんど当惑した。（　　）私はめでたいのではないだろうか。私にとって、めでたいという事ほどひどい恥辱はなかったのである。

おなじころ、よくないことが続いて起った。ある日の昼食の際に、私は弟や友人たちといっしょに食卓へ向っていたが、その傍でみよが、紅い猿の面の絵団扇《うちわ》でぱさぱさと私たちをあおぎながら給仕していた。私はその団扇の風の量で、みよの心をこっそり計っていたものだ。みよは、私よりも弟の方を多くあおいだ。私は絶望して、カツレツの皿へぱちっとフオクを置いた。

みんなして私をいじめるのだ、と思い込んだ。友人たちだってまえから知っていたに違いない、と無闇《むやみ》に人を疑った。もう、みよを忘れてやるからいい、と私はひとりできめていた。

問　文中の（　）に入る言葉を次の中から選びなさい。（4点）

そして　けれども　要するに　また

答／　要するに

解説

直前までは「いやだった」ことを具体的に述べ、直後でそれを「めでたいのではないだろうか」とまとめているので「要するに」。「めでたい」というのは、「私」にとって「恥辱」だったのだ。

【問題20】

また二三日たって、ある朝のこと、私は、前夜ふかした煙草がまだ五六ぽん箱にはいって残っているのを枕元へ置き忘れたままで番小屋へ出掛け、あとで気がついてうろたえて部屋へ引返して見たが、部屋は綺麗に片づけられ箱がなかったのである。私は観念した。みよを呼んで、煙草はどうした、見つけられたろう、と叱るようにして聞いた。みよは真面目な顔をして首を振った。そしてすぐ、部屋のなげしの裏へ背のびして手をつっこんだ。金色の二つの蝙蝠《こうもり》が飛んである緑いろの小さな紙箱はそこから出た。

私はこのことから勇気を百倍にもして取りもどし、まえからの決意にふたたび眼ざめたのである。（　　）、弟のことを思うとやはり気がふさがって、みよのわけで友人たちと騒ぐことをも避けたし、そのほか弟には、なにかにつけていやしい遠慮をした。自分から進んでみよを誘惑することもひかえた。私はみよから打ち明けられるのを待つことにした。私はいくらでもその機会をみよに与えることができたのだ。私は屢々《しばしば》みよを部屋へ呼んで要らない用事を言いつけた。そして、みよが私の部屋へはいって来るときには、私はどこかしら油断のあるくつろいだ恰好をして見せたのである。みよの心を動かすために、私は顔にも気をくばった。その頃になって私の顔の吹出物もどうやら直っていたが、それでも惰性で、私はなにかと顔をこしらえていた。私はその蓋のおもてに蔦のような長くくねった蔓草がいっぱい彫り込まれてある美しい銀のコンパクトを持っていた。それでもって私のきめを時折うめていたのだけれど、それを尚すこし心をいれてしたのである。

問　文中の（　　）に入る言葉を次の中から選びなさい。（4点）

そして　しかも　しかし　まるで

答／　しかし

解説

空所の直前は決意に目覚めたとあるが、直後は気がふさがったとあるので、逆接。

【問題21】

これからはもう、みよの決心しだいであると思った。しかし、機会はなかなか来なかったのである。番小屋で勉強している間も、ときどきそこから脱け出て、みよを見に母屋へ帰った。殆どあらっぽい程ばたんばたんとはき掃除しているみよの姿を、そっと眺めては唇をかんだ。

そのうちにとうとう夏やすみも終りになって、私は弟や友人たちとともに故郷を立ち去らなければいけなくなった。（　）此のつぎの休暇まで私を忘れさせないで置くような何か鳥渡《ちよつと》した思い出だけでも、みよの心に植えつけたいと念じたが、それも駄目であった。

出発の日が来て、私たちはうちの黒い箱馬車へ乗り込んだ。うちの人たちと並んで玄関先へ、みよも見送りに立っていた。みよは、私の方も弟の方も、見なかった。はずした萌黄《もえぎ》のたすきを数珠《じゆず》のように両手でつまぐりながら下ばかりを向いていた。いよいよ馬車が動き出してもそうしていた。私はおおきい心残りを感じて故郷を離れたのである。

問　文中の（　　）に入る言葉を次の中から選びなさい。（4点）

たとえ　まるで　きっと　せめて

答／　せめて

解説

「せめて〜だけでも」という副詞の呼応。

【問題22】

ちょうど母も姉も湯治からかえることになって、その出立の日が、あたかも土曜日であった（　　）、私は母たちを送って行くという名目で、故郷へ戻ることが出来た。友人たちには秘密にしてこっそり出掛けたのである。弟にも帰郷のほんとのわけは言わずに置いた。言わなくても判っているのだと思っていた。

みんなでその温泉場を引きあげ、私たちの世話になっている呉服商へひとまず落ちつき、それから母と姉と三人で故郷へ向った。列車がプラットフォムを離れるとき、見送りに来ていた弟が、列車の窓から青い富士額を覗かせて、がんばれ、とひとこと言った。私はそれをうっかり素直に受けいれて、よしよし、と機嫌よくうなずいた。馬車が隣村を過ぎて、次第にうちへ近づいて来ると、私はまったく落ちつかなかった。日が暮れて、空も山もまっくらだった。稲田が秋風に吹かれてさらさらと動く声に、耳傾けては胸を轟《とどろ》かせた。絶えまなく窓のそとの闇に眼をくばって、道ばたのすすきのむれが白くぽっかり鼻先に浮ぶと、のけぞるくらいびっくりした。玄関のほの暗い軒燈の下でうちの人たちがうようよ出迎えていた。馬車がとまったとき、みよもばたばた走って玄関から出て来た。寒そうに肩を丸くすぼめていた。

問　文中の（　）に入る言葉を次の中から選びなさい。（4点）

から　が　し　けど

答／　から

解説

私が故郷に戻ることができた理由が、空所の直前の「土曜日であった」なので、「理由」を表わす接続助詞「から」。

【問題23】

その夜、二階の一間に寝てから、私は非常に淋しいことを考えた。凡俗という観念に苦しめられたのである。みよのことが起ってからは、私もとうとう莫迦《ばか》になって了ったのではないか。女を思うなど、誰にでもできることである。しかし、私のはちがう、ひとくちには言えぬがちがう。私の場合は、あらゆる意味で下等でない。（　　）、女を思うほどの者は誰でもそう考えているのではないか。しかし、と私は自身のたばこの煙にむせびながら強情を張った。私の場合には思想がある！

私はその夜、みよと結婚するに就いて、必ずさけられないうちの人たちとの論争を思い、寒いほどの勇気を得た。私のすべての行為は凡俗でない、やはり私はこの世のかなりな単位にちがいないのだ、と確信した。それでもひどく淋しかった。淋しさが、どこから来るのか判らなかった。どうしても寝つかれないので、あのあんまをした。みよの事をすっかり頭から抜いてした。みよをよごす気にはなれなかったのである。

問　文中の（　　）に入る言葉を次の中から選びなさい。（4点）

だから　しかし　すると　しかも

答／　しかし

解説

女を思うことは、私の場合下等でないとしながら、空所の直後は「誰でもそう考えているのではないか」と、論理の流れをひっくり返しているので、逆接。

この時代、大地主の子どもが女中と結婚するなど、とうてい考えられないことだった（そういった悲劇を描いた作品の一つが、伊藤左千夫《さちお》の「野菊の墓」である）。

だからこそ、「私」は「たたかうのだ」と弟に繰り返したのである。

また「私の場合には思想がある！」と書いてあることから、民主主義や共産主義の影響が考えられる。後に太宰は共産主義活動に入るのだが、はたしてどこまでこういった思想に深く共鳴していたのかは判断が難しい。

ただ太宰が自分が資本家の側にいることを誇っていたのではなく、逆に民衆の側に共鳴していたことだけは間違いないように思える。


【問題24】

朝、眼をさますと、秋空がたかく澄んでいた。私は早くから起きて、むかいの畑へ葡萄を取りに出かけた。みよに大きい竹籠を持たせてついて来させた。私はできるだけ気軽なふうでみよにそう言いつけたのだから、誰にも怪しまれなかったのである。葡萄棚は畑の東南の隅にあって、十坪ぐらいの大きさにひろがっていた。葡萄の熟すころになると、よしずで四方をきちんと囲った。私たちは片すみの小さい潜戸《くぐりど》をあけて、かこいの中へはいった。なかは、ほっかりと暖かった。二三匹の黄色いあしながばちが、ぶんぶん言って飛んでいた。朝日が、屋根の葡萄の葉と、まわりのよしずを透して明るくさしていて、みよの姿もうすみどりいろに見えた。ここへ来る途中には、私もあれこれと計画して、悪党らしく口まげて微笑んだりしたのであった（　）、こうしてたった二人きりになって見ると、あまりの気づまりから殆ど不機嫌になって了った。私はその板の潜戸をさえわざとあけたままにしていたものだ。

問　文中の（　　）に入る言葉を次の中から選びなさい。（4点）

ので　なら　し　が

答／が

解説

空所の直前が悪党らしく微笑したのに対して、空所の直後はあまりの気詰まりから不機嫌になったので、逆接。

【問題25】

私は背が高かったから、踏台なしに、ぱちんぱちんと植木鋏《うえきばさみ》で葡萄のふさを摘んだ。そして、いちいちそれをみよへ手渡した。みよはその一房一房の朝露を白いエプロンで手早く拭きとって、下の籠《かご》にいれた。私たちはひとことも語らなかった。永い時間のように思われた。そのうちに私はだんだん怒りっぽくなった。葡萄がやっと籠いっぱいになろうとするころ、みよは、私の渡す一房へ差し伸べて寄こした片手を、ぴくっとひっこめた。私は、葡萄をみよの方へおしつけ、おい、と呼んで舌打した。

みよは、右手の附根を左手できゅっと握っていきんでいた。刺されたべ、と聞くと、ああ、とまぶしそうに眼を細めた。ばか、と私は叱って了った。みよは黙って、笑っていた。これ以上私はそこにいたたまらなかった。くすりつけてやる、と言ってそのかこいから飛び出した。すぐ母屋へつれて帰って、私はアンモニアの瓶《びん》を帳場の薬棚から捜してやった。その紫の硝子《ガラス》瓶を、出来るだけ乱暴にみよへ手渡したきりで、自分で塗ってやろうとはしなかった。
その日の午後に、私は、近ごろまちから新しく通い出した灰色の幌《ほろ》のかかってあるそまつな乗り合い自動車にゆすぶられ（　　）、故郷を去った。うちの人たちは馬車で行け、と言ったのだが、定紋のついて黒くてかてか光ったうちの箱馬車は、殿様くさくて私にはいやだったのである。私は、みよとふたりして摘みとった葡萄を膝の上にのせて、落葉のしきつめた田舎道を意味ふかく眺めた。私は満足していた。あれだけの思い出でもみよに植えつけてやったのは私として精いっぱいのことである、と思った。みよはもう私のものにきまった、と安心した。

問　文中の（　　）に入る言葉を次の中から選びなさい。（4点）
て　たけど　たが　ながら

答／　ながら

解説
自動車に揺さぶられることと、故郷を去ったことが、同時進行であるから、「ながら」が答。

【問題26】

そのとしの冬やすみは、中学生としての最後の休暇であったのである。帰郷の日のちかくなるにつれて、私と弟とは幾分の気まずさをお互いに感じていた。

いよいよ共にふるさとの家へ帰って来て、私たちは先ず台所の石の炉ばたに向いあってあぐらをかいて、それからきょろきょろとうちの中を見わたしたのである。みよがいないのだ。私たちは二度も三度も不安な瞳《ひとみ》をぶっつけ合った。その日、夕飯をすませてから、私たちは次兄に誘われて彼の部屋へ行き、三人して火燵《こたつ》にはいりながらトランプをして遊んだ。私にはトランプのどの札もただまっくろに見えていた。話の何かいいついでがあったから、思い切って次兄に尋ねた。女中がひとり足りなくなったようだが、と手に持っている五六枚のトランプで顔を被《おお》うようにしつつ、余念なさそうな口調で言った。もし次兄が突っこんで来たら、さいわい弟も居合せていることだし、はっきり言ってしまおうと心をきめていた。

次兄は、自分の手の札を首かしげかしげしてあれこれと出し迷いながら、みよか、みよは婆様と喧嘩して里さ戻った、あれは意地っぱりだぜえ、と呟《つぶや》いて、ひらっと一枚捨てた。私も一枚投げた。弟も黙って一枚捨てた。

それから四五日して、私は鶏舎の番小屋を訪れ、そこの番人である小説の好きな青年から、もっとくわしい話を聞いた。みよは、ある下男にたったいちどよごされたのを、ほかの女中たちに知られて、私のうちにいたたまらなくなったのだ。男は、他にもいろいろ悪いことをしたので、そのときは既に私のうちから出されていた。（　　）、青年はすこし言い過ぎた。みよは、やめせ、やめせ、とあとで囁いた、とその男の手柄話まで添えて。

問　文中の（　　）に入る言葉を次の中から選びなさい。（4点）

それにしても　それにもかかわらず　というよりも　もしかして

答／　それにしても

解説

空所の直前が青年の話であるが、空所の直後で「青年はすこし言い過ぎた」とひっくり返しているから、逆接。

◎あなたの日本語力を採点しよう！
90点以上　日本語博士レベル　80点以上　日本語上級レベル
70点以上　日本語中級レベル　70点未満　日本語初級レベル

第二章　語彙力を豊かにするトレーニング

語彙力を豊かにするための、最も手っ取り早い方法は読書であろう。だが、実際のところ、一冊の小説を読んだところで、その作家の言葉の使い方を習得することはかなり困難である。

なぜなら、私たちは小説を読むとき、特に語彙に注目して読むことはないからである。また、逆に語彙に着目して読んだら、その物語世界に入り込むことができずに、興ざめとなる。

そこで文学トレーニングが有効となる。

太宰がどのような言葉の使い方をしたのか、（　）を推測することにより、太宰の語彙力をそのまま獲得できるのだ。

太宰治になったつもりで、自分ならどんな言葉遣いをするのか、どんな語彙を使用するのか、ぜひ挑戦してみてほしい。

『苦悩の年鑑』からの出題

昭和二年（一九二七）、弘前高等学校に入学。太宰治十八歳のときである。その頃傾倒していた芥川龍之介の自殺を機に、次第に彼の学生生活はすさんだものとなっていく。芥川の死を知った太宰は、「作家はこのようにして死ぬのが本当だ」と友人に漏らしたという。やがて芸妓《げいぎ》遊びに没頭し始め、当時半玉《はんぎょく》であった小山初代《はつよ》と出会った。またこの頃プロレタリア文学運動が盛んになり、太宰自身もそれに影響を受けていく。

昭和三年、「三・一五事件」が起こり、共産党員とその支持者千数百人が、全国で一斉に検挙された。まもなく太宰は同人雑誌「座標」で、『地主一代』の執筆を開始。この作品は大地主の暴虐無慈悲を告発したものだった。

そして、昭和四年、カルモチンによる服毒自殺を試み、失敗した。太宰に何が起こったのか、なぜ自殺しようとしたのか、その謎を解く鍵となる作品に、昭和二十一年（一九四六）、戦後まもなく発表された『苦悩の年鑑』がある。

【問題27】

私の生れた家には、誇るべき系図も何も無い。どこからか流れて来て、この津軽の北端に土着した百姓が、私たちの祖先なのに違いない。

私は、無智の、食うや食わずの貧農の子孫である。私の家が多少でも青森県下に、名を知られはじめたのは、曾祖父惣助《そうすけ》の時代からであった。その頃、れいの多額納税の貴族院議員有資格者は、一県に四五人くらいのものであったらしい。曾祖父は、そのひとりであった。

（中略）　×

私の家系には、ひとりの思想家もいない。ひとりの学者もいない。ひとりの芸術家もいない。役人、将軍さえいない。実に（　　）の、ただの田舎の大地主というだけのものであった。父は代議士にいちど、それから貴族院にも出たが、べつだん中央の政界に於いて活躍したという話も聞かない。この父は、ひどく大きい家を建てた。風情も何も無い、ただ大きいのである。間数《まかず》が三十ちかくもあるであろう。それも十畳二十畳という部屋が多い。おそろしく頑丈《がんじょう》なつくりの家ではあるが、しかし、何の趣きも無い。

問　文中の（　　）に入る言葉を次の中から選びなさい。（3点）

平凡　平坦　普通　凡俗

答／　凡俗

解説

これは何も入試問題のように〝正解〟を選ぶ問題ではない。太宰ならばどの表現を用いたかを推測するトレーニングである。たとえば、「平凡」「普通」でも日本語として決して間違いではない。だが、太宰が使った「凡俗」という言葉こそ、この文脈に最もふさわしいではないか。

そして、こうしたトレーニングこそ、生きた言葉を獲得するのに最適な方法なのである。

太宰が『苦悩の年鑑』としたこの作品の冒頭付近に、自分の出自に関しての記述があるというのは、非常に興味深い。太宰は大地主の子どもだが、けっしてそれを誇っていない。彼の家は曾祖父の時代に、多くの農民たちの生き血を吸って栄えた新興土地成金だったからである。

【問題28】


プロレタリヤ独裁。

それには、たしかに、新しい感覚があった。協調ではないのである。独裁である。相手を例外なくたたきつけるのである。金持は皆わるい。貴族は皆わるい。金の無い一賤民《せんみん》だけが正しい。私は武装蜂起《ほうき》に賛成した。ギロチンの無い革命は意味が無い。

しかし、私は賤民でなかった。ギロチンにかかる役のほうであった。私は十九歳の、高等学校の生徒であった。クラスでは私ひとり、目立って（　　）な服装をしていた。いよいよこれは死ぬより他は無いと思った。

私はカルモチンをたくさん嚥下《えんか》したが、死ななかった。

問　文中の（　　）に入る言葉を次の中から選びなさい。（3点）

優美　派手　華美　気障

答／　華美

解説

優美と迷ったかもしれない。優美はプラスのイメージの言葉。華美はただ表面だけ華やかなイメージ。ここでは「私」が金持ちの服を着ていたということ。

太宰は生涯において何度も心中を繰り返した。その結果、太宰は弱い、弱さを売り物にしているといった批判が聞かれる。だが、ことはそう単純ではない。

強さの中に思わぬ弱点を見いだすこともあるし、弱さの中に強靭な強さを見いだすこともある。

志賀直哉のように富裕の家に生まれ、戦争中は沈黙を守り、戦後はその孤高の境地を心境小説として描き出し、小説の神様と言われた作家もいた。太宰も同じような生き方が可能だったはずである。だが、太宰は貴族として生まれた（父や長兄は貴族院議員）がゆえに、生涯苦しみ抜いたのである。

子どもの頃から大地主としての家柄を呪詛《じゅそ》し、虐げられた民衆の側に身を寄せたのだ。そのとき、マルクスはささやく。革命を起こして、資本家をギロチンにかけろ、と。

共産主義は地方に行けばそれは思想ではなく、生活そのものであった。民衆はどれほど過酷な労働を強いられようと、その富のほとんどを資本家によって搾取され、子どもを売り飛ばすしかないほど追い詰められていた。だから、革命を起こし、労働者の世の中を作らなければならない。

太宰は、そのとおりだと思った。だが、彼は輝かしき革命家ではなく、ギロチンにかかる方だったのである。

やがて、太宰は共産主義活動に入っていく。当時、共産主義活動は非合法であり、見つかれば投獄されるし、それは太宰にとって自分の家族を裏切る行為でもあったのだ。

【問題29】

「死ぬには、及ばない。君は、同志だ。」と或る学友は、私を「見込みのある男」としてあちこちに引っぱり廻した。

私は金を出す役目になった。東京の大学へ来てからも、私は金を出し、そうして、同志の宿や食事の世話を引受けさせられた。

所謂《いわゆる》「大物」と言われていた人たちは、たいていまともな人間だった。しかし、小物には閉口であった。ほらばかり吹いて、そうして、やたらに人を攻撃して凄《すご》がっていた。人をだまして、そうしてそれを「(　　)」と称していた。

問　文中の（　　）に入る言葉を次の中から選びなさい。（3点）

戦略　機知　偽善　作戦

答／　戦略

解説

実態は人をだますことなのに、それを立派な言葉で飾ったのである。

【問題30】

満洲事変が起った。爆弾三勇士。私はその美談に少しも感心しなかった。

私はたびたび留置場にいれられ、取調べの刑事が、私のおとなしすぎる態度に呆《あき》れて、「おめえみたいなブルジョアの坊ちゃんに革命なんて出来るものか。本当の革命は、おれたちがやるんだ。」と言った。

その言葉には妙な現実感があった。

のちに到り、所謂青年将校と組んで、イヤな、無教養の、不吉な、変態革命を兇暴《きようぼう》に遂行した人の中に、あのひとも混っていたような気がしてならぬ。

同志たちは次々と投獄せられた。ほとんど全部、投獄せられた。

中国を相手の戦争は継続している。

私は、純粋というものにあこがれた。無報酬の行為。まったく利己の心の無い生活。けれども、それは、至難の業であった。私はただ、やけ酒を飲むばかりであった。
私の最も憎悪したものは、偽善であった。

×

キリスト。私はそのひとの（　　）だけを思った。

×

問　文中の（　　）に入る言葉を次の中から選びなさい。（3点）

愛　真実　奇跡　苦悩

答／　苦悩

解説

最も太宰らしい言葉は何か。

『東京八景』からの出題

昭和五年（一九三〇）、太宰は東京帝国大学仏文科に入学し、東京で一人暮らしを始める。太宰二十一歳のときである。

そこから、井伏鱒二の紹介で甲府でお見合いをし、石原美知子と結婚するまでは、太宰にとって狂乱の半生であった。時代は軍国主義で、戦争が彼の人生にも暗い影を落としていた。

この時期を描いたものとして、太宰の代表作『人間失格』があるが、作品としての完成度が高い分だけ虚構性が強い。そこで、太宰治の人生、文学を考察するために、あえて『東京八景』を取り上げようと思う。この『東京八景』で書かれた彼の半生は、伝記的事実とかなり一致していると思うからだ。

【問題31】

東京八景。私は、その短篇を、いつかゆっくり、骨折って書いてみたいと思っていた。十年間の私の東京生活を、その時々の風景に託して書いてみたいと思っていた。私は、ことし三十二歳である。日本の倫理に於ても、この年齢は、既に中年の域にはいりかけたことを意味している。また私が、自分の肉体、情熱に尋ねてみても、悲しい哉《かな》それを否定できない。覚えて置くがよい。おまえは、もう青春を失ったのだ。もっともらしい顔の三十男である。東京八景。私はそれを、青春への（　　）の辞として、誰にも媚《こ》びずに書きたかった。

問　文中の（　　）に入る言葉を次の中から選びなさい。（3点）

訣別　賛歌　惜別　悔恨

答／　訣別

解説

「私」は中年の域に入りかけた。直後に「誰にも媚びずに」とあるから、「惜別」より、「訣別」の方が適切。「惜別」は別れを惜しむ気持ち。それに対し「訣別」は自分の意志による別れ。

【問題32】

幾年振りで、こんな、東京全図というものを拡げて見る事か。十年以前、はじめて東京に住んだ時には、この地図を買い求める事さえ恥ずかしく、人に、田舎者と笑われはせぬかと幾度となく躊躇《ちゅうちょ》した後、とうとう一部、うむと決意し、ことさらに乱暴な（　）の口調で買い求め、それを懐中し荒《すさ》んだ歩きかたで下宿へ帰った。夜、部屋を閉め切り、こっそり、その地図を開いた。赤、緑、黄の美しい絵模様。私は、呼吸を止めてそれに見入った。隅田川。浅草。牛込。赤坂。ああなんでも在る。行こうと思えば、いつでも、すぐに行けるのだ。私は、奇蹟《きせき》を見るような気さえした。

今では、此の蚕《かいこ》に食われた桑の葉のような東京市の全形を眺めても、そこに住む人、各々の生活の姿ばかりが思われる。こんな趣きの無い原っぱに、日本全国から、ぞろぞろ人が押し寄せ、汗だくで押し合いへし合い、一寸の土地を争って一喜一憂し、互に嫉視《しっし》、反目して、雌は雄を呼び、雄は、ただ半狂乱で歩きまわる。頗《すこぶ》る唐突に、何の前後の関連も無く「埋木」という小説の中の哀しい一行が、胸に浮かんだ。「恋とは」「美しき事を夢みて、穢《きたな》き業《わざ》をするものぞ」東京とは直接に何の縁も無い言葉である。

問　文中の（　）に入る言葉を次の中から選びなさい。（3点）

強行　優雅　決死　自嘲

解説

直前、「田舎者と笑われはせぬか」から判断。

答／　自嘲

【問題33】

戸塚。――私は、はじめ、ここにいたのだ。私のすぐ上の兄が、この地に、ひとりで一軒の家を借りて、彫刻を勉強していたのである。私は昭和五年に弘前《ひろさき》の高等学校を卒業し、東京帝大の仏蘭西文科に入学した。仏蘭西語を一字も解し得なかったけれども、それでも仏蘭西文学の講義を聞きたかった。辰野《たつの》隆《ゆたか》先生を、ぼんやり畏敬《いけい》していた。私は、兄の家から三町ほど離れた新築の下宿屋の、奥の一室を借りて住んだ。たとい親身の兄弟でも、同じ屋根の下に住んで居れば、気まずい事も起るものだ、と二人とも口に出しては言わないが、そんなお互の遠慮が無言の裡《うち》に首肯せられて、私たちは同じ町内ではあったが、三町だけ離れて住む事にしたのである。それから三箇月経って、この兄は病死した。二十七歳であった。兄の死後も、私は、その戸塚の下宿にいた。二学期からは、学校へは、ほとんど出なかった。世人の最も恐怖していたあの日蔭《ひかげ》の仕事に、平気で手助けしていた。その仕事の一翼と自称する大袈裟《おおげさ》な身振りの文学には、軽蔑《けいべつ》を以て接していた。私は、その一期間、（　）な政治家であった。

問　文中の（　）に入る言葉を次の中から選びなさい。（3点）

純粋　傲慢　熱心　有能

答／純粋

解説

「その仕事の一翼と自称する大袈裟な身振りの文学」とは、プロレタリア文学運動のこと。太宰は小説としてはプロレタリア文学を軽蔑していたのだ。文学と切り離して、純粋に政治運動として共産主義活動に参加したということ。

【問題34】

そのとしの秋に、女が田舎からやって来た。私が呼んだのである。Hである。Hとは、私が高等学校へはいったとしの初秋に知り合って、それから三年間あそんだ。無心の芸妓《げいぎ》である。私は、この女の為に、本所区東駒形《こまがた》に一室を借りてやった。大工さんの二階である。肉体的の関係は、そのとき迄《まで》いちども無かった。故郷から、長兄がその女の事でやって来た。七年前に父を喪《うしな》った兄弟は、戸塚の下宿の、あの薄暗い部屋で相会うた。兄は、急激に変化している弟の兇悪な態度に接して、涙を流した。必ず夫婦にしていただく条件で、私は兄に女を手渡す事にした。手渡す（　）の弟より、受け取る兄のほうが、数層倍苦しかったに違いない。手渡すその前夜、私は、はじめて女を抱いた。兄は、女を連れて、ひとまず田舎へ帰った。女は、始終ぼんやりしていた。ただいま無事に家に着きました、という事務的な堅い口調の手紙が一通来たきりで、その後は、女から、何の便りもなかった。女は、ひどく安心してしまっているらしかった。私には、それが不平であった。こちらが、すべての肉親を仰天させ、母には地獄の苦しみを嘗《な》めさせて迄、戦っているのに、おまえ一人、無智な自信でぐったりしているのは、みっとも無い事である、と思った。毎日でも私に手紙を寄こすべきである、と思った。私を、もっともっと好いてくれてもいい、と思った。けれども女は、手紙を書きたがらないひとであった。私は、絶望した。朝早くから、夜おそく迄、れいの仕事の手助けに奔走した。人から頼まれて、拒否した事は無かった。自分の其の方面に於ける能力の限度が、少しずつ見えて来た。私は、二重に絶望した。

問　文中の（　　）に入る言葉を次の中から選びなさい。（3点）

一途　偽善　真摯　驕慢

答／　驕慢

解説

自分を卑下した言葉を選ぶ。「手渡す」から、「一途」は文脈上合わない。

Hとは、郷里で三年間交際があった芸妓、小山初代のことである。太宰は初代を無垢のまま救ってやったと信じ込んでいた。東京に出てきた彼は、その初代を呼び寄せた。それに仰天したのは、当時家長となった長兄である。

東北有数の資産家である津島家の嫁として、芸者風情を認めることができないのは、当時としては当然のことであっただろう。

だが、太宰は生涯で初めてこの長兄に懸命に抵抗した。そこで、長兄はいったん初代を津島家で預かり、その上で結婚を認めるという約束を交わしたのである。芸妓のままでは結婚させることができなかったのだ。

一時とはいえ、初代と切り離された太宰は、前以上の荒れ果てた生活を送っていく。

初代にいくら手紙を出しても、初代は返事を返すこともしなかった。
太宰はますます非合法である共産主義活動にのめり込んでいった。

【問題35】

銀座裏のバアの女が、私を好いた。好かれる時期が、誰にだって一度ある。不潔な時期だ。私は、この女を誘って一緒に鎌倉の海へはいった。破れた時は、死ぬ時だと思っていたのである。れいの反神的な仕事にも破れかけた。肉体的にさえ、とても不可能なほどの仕事を、私は（　）と言われたくないばかりに、引受けてしまっていたのである。Hは、自分ひとりの幸福の事しか考えていない。おまえだけが、女じゃ無いんだ。おまえは、私の苦しみを知ってくれなかったから、こういう報いを受けるのだ。ざまを見ろ。私には、すべての肉親と離れてしまった事が一ばん、つらかった。Hとの事で、母にも、兄にも、叔母にも呆《あき》れられてしまったという自覚が、私の投身の最も直接な一因であった。女は死んで、私は生きた。死んだひとの事に就いては、以前に何度も書いた。私の生涯の、黒点である。私は、留置場に入れられた。取調べの末、起訴猶予になった。昭和五年の歳末の事である。兄たちは、死にぞこないの弟に優しくしてくれた。

問　文中の（　　）に入る言葉を次の中から選びなさい。（3点）

未熟　卑怯　無能　傲慢

答／　卑怯

解説

太宰が非合法活動から抜け出せなかったのは、その思想に共鳴したからというよりも、仲間に頼まれたら断り切れない性格からだったことに注意。

昭和五年十一月二十八日の夜、銀座のカフェ「ホリウッド」の女給田部あつみ（本名シメ子）と鎌倉の海に投身自殺を図った。

田部あつみの夫は売れない画家で、彼女はいくら働いても貧しくて、もう死にたいといった。生きることに疲れ切った二人が、ふと恋情を感じ合い、死に魅せられたのか。

「鎌倉の海に飛び込みました。女は、この帯はお店のお友達から借りている帯やから、と言って、帯をほどき、畳んで岩の上に置き、自分もマントを脱ぎ、同じ所に置いて、一緒に入水《じゅすい》しました」

女は死に、太宰一人が助かった。太宰は自殺幇助《ほうじょ》罪で取り調べを受けたが、駆けつけた長兄の圧力で起訴猶予とされる。
この時の罪の意識が、太宰の文学の根源的テーマとなる。太宰は実際には罪に問われることはなかったのだが、『道化の華』『狂言の神』『虚構の春』と、作品の中で自分は女を殺したとデスペレートに訴え続けたのである。

【問題36】

長兄はHを、芸妓の職から解放し、その翌《あく》るとしの二月に、私の手許《てもと》に送って寄こした。言約《げんやく》を潔癖に守る兄である。Hはのんきな顔をしてやって来た。五反田《ごたんだ》の、島津公分譲地の傍に三十円の家を借りて住んだ。Hは甲斐甲斐《かいがい》しく立ち働いた。私は、二十三歳、Hは、二十歳である。
五反田は、阿呆の時代である。私は完全に、無意志であった。再出発の希望は、みじんも無かった。たまに訪ねて来る友人達の、御機嫌ばかりをとって暮していた。自分の醜態の前科を、恥じるどころか、幽かに誇ってさえいた。実に、破廉恥な、低能の時期であった。学校へもやはり、ほとんど出なかった。すべての努力を嫌い、のほほん顔でHを眺めて暮していた。馬鹿である。何も、しなかった。ずるずるまた、れいの仕事の手伝いなどを、はじめていた。けれども、こんどは、なんの情熱も無かった。遊民の（　　）。それが、東京の一隅にはじめて家を持った時の、私の姿だ。

問　文中の（　　）に入る言葉を次の中から選びなさい。（3点）

矜持　絶望　偽善　虚無

答／　虚無

解説

直前の「なんの情熱も無かった」から、判断。魂が抜かれたようになっていたのである。

翌六年の二月、長兄は約束通り初代を彼の許に送って寄越した。共産党活動に奔走し、再度自殺を繰り返した太宰に対して、初代と結婚させることでまだしも落ち着くだろうと願ったのかもしれない。

【問題37】

そのとしの夏に移転した。神田・同朋町《どうぼうちょう》。さらに晩秋には、神田・和泉町《いずみちょう》。その翌年の早春に、淀橋《よどばし》・柏木《かしわぎ》。なんの語るべき事も無い。朱麟堂《しゅりんどう》と号して俳句に凝ったりしていた。老人である。例の仕事の手助けの為に、二度も留置場に入れられた。留置場から出る度に私は友人達の言いつけに従って、別な土地に移転するのである。何の感激も、また何の嫌悪も無かった。それが皆の為に善いならば、そうしましょう、という無気力きわまる態度であった。ぼんやり、Hと二人で、雌雄の穴居《けっきょ》の一日一日を迎え送っているのである。Hは快活であった。一日に二、三度は私を口汚く呶鳴《どな》るのだが、あとはけろりとして英語の勉強をはじめるのである。私が時間割を作ってやって勉強させていたのである。あまり覚えなかったようである。英語はロオマ字をやっと読めるくらいになって、いつのまにか、止めてしまった。手紙は、やはり下手であった。書きたがらなかった。私が下書を作ってやった。あねご気取りが好きなようであった。私が警察に連れて行かれても、そんなに取乱すような事は無かった。れいの思想を、（　　）的なものと解して愉快がっていた日さえあった。同朋町、和泉町、柏木、私は二十四歳になっていた。

問　文中の（　　）に入る言葉を次の中から選びなさい。（3点）

任侠　悪魔　喜劇　生活

解説

空所の直前の「あねご気取りが好きなようであった」から、判断。

答／　任侠

【問題38】

そのとしの晩春に、私は、またまた移転しなければならなくなった。またもや警察に呼ばれそうになって、私は、逃げたのである。こんどのは、少し複雑な問題であった。田舎の長兄に、出鱈目《でたらめ》な事を言ってやって、二箇月分の生活費を一度に送ってもらい、それを持って柏木を引揚げた。家財道具を、あちこちの友人に少しずつ分けて預かってもらい、身のまわりの物だけを持って、日本橋・八丁堀の材木屋の二階、八畳間に移った。私は北海道生まれ、落合一雄という男になった。流石《さすが》に心細かった。所持のお金を大事にした。どうにかなろうという無能な思念で、自分の（　　）を誤魔化していた。明日に就いての心構えは何も無かった。何も出来なかった。時たま、学校へ出て、講堂の前の芝生に、何時間でも黙って寝ころんでいた。

問　文中の（　　）に入る言葉を次の中から選びなさい。（3点）

思想　理想　逃亡　不安

答／　不安

解説

「誤魔化していた」とあるので、直前の「どうにかなろう」と逆の心情を選ぶ。

【問題39】

或る日の事、同じ高等学校を出た経済学部の一学生から、いやな話を聞かされた。煮え湯を飲むような気がした。まさか、と思った。知らせてくれた学生を、かえって憎んだ。Hに聞いてみたら、わかる事だと思った。いそいで八丁堀、材木屋の二階に帰って来たのだが、なかなか言い出しにくかった。初夏の午後である。西日が部屋にはいって、暑かった。私は、オラガビイルを一本、Hに買わせた。当時、オラガビイルは、二十五銭であった。その一本を飲んで、もう一本、と言ったら、Hに呶鳴《どな》られた。呶鳴られて私も、気持に張りが出て来て、きょう学生から聞いて来た事を、努めてさりげない口調で、Hに告げることが出来た。Hは半可臭《はんかくさ》い、と田舎の言葉で言って、怒ったように、ちらと眉をひそめた。それだけで、静かに縫い物をつづけていた。（　　）気配は、どこにも無かった。私は、Hを信じた。
その夜私は悪いものを読んだ。ルソオの懺悔録《ざんげろく》であった。ルソオが、やはり細君の以前の事で、苦汁を嘗《な》めた箇所に突き当り、たまらなくなって来た。私は、Hを信じられなくなったのである。その夜、とうとう吐き出させた。学生から聞かされた事は、すべて本当であった。もっと、ひどかった。掘り下げて行くと、際限が無いような気配さえ感ぜられた。私は中途で止めてしまった。

問　文中の（　　）に入る言葉を次の中から選びなさい。（3点）

濁った　湿った　明るい　不穏な

答／濁った

解説

直後の「私は、Hを信じた」から判断。

【問題40】

私だとて、その方面では、人を責める資格が無い。鎌倉の事件は、どうしたことだ。けれども私は、その夜は煮えくりかえった。私はその日までHを、謂《い》わば（　　）の玉のように大事にして、誇っていたのだということに気附いた。こいつの為に生きていたのだ。私は女を、無垢《むく》のままで救ったとばかり思っていたのである。Hの言うままを、勇者の如く単純に合点していたのである。友人達にも、私は、それを誇って語っていた。Hは、このように気象が強いから、僕の所へ来る迄は、守りとおす事が出来たのだと。目出度いとも、何とも、形容の言葉が無かった。馬鹿息子である。女とは、どんなものだか知らなかった。私はHの欺瞞《ぎまん》を憎む気は、少しも起らなかった。告白するHを可愛いとさえ思った。背中を、さすってやりたく思った。私は、ただ、残念であったのである。私は、いやになった。自分の生活の姿を、棍棒で粉砕したく思った。要するに、やり切れなくなってしまったのである。私は、自首して出た。

問　文中の（　　）に入る言葉を次の中から選びなさい。（3点）

天然　珠玉　金色　掌中

答／　掌中

解説

掌中の玉　慣用表現・いかに大切に扱ったという意味。

太宰は当時半玉の芸妓であった小山初代を無垢のまま身請けし、救ってやったと信じていた。実際、『東京八景』によれば、結婚を約束するまでは一度も肉体関係を持たなかったのである。

ところが、初代は故郷で何人もの男と関係を持っていた。それを太宰には隠し通していたのである。

【問題41】

検事の取調べが一段落して、死にもせず私は再び東京の街を歩いていた。帰るところは、Hの部屋より他に無い。私はHのところへ、急いで行った。侘しい再会である。共に卑屈に笑いながら、私たちは力弱く握手した。八丁堀を引き上げて、芝区・白金三光町。大きい空家の、離れの一室を借りて住んだ。故郷の兄たちは、呆れ果てながらも、そっとお金を送ってよこすのである。Hは、何事も無かったように元気になっていた。けれども私は、少しずつ、どうやら阿呆から眼ざめていた。遺書を綴った。「思い出」百枚である。今では、この「思い出」が私の処女作という事になっている。自分の幼時からの悪を、飾らずに書いて置きたいと思ったのである。二十四歳の秋の事である。草蓬々《ほうほう》の広い廃園を眺めながら、私は離れの一室に坐って、めっきり笑を失っていた。私は、再び死ぬつもりでいた。きざと言えば、きざである。いい気なものであった。私は、やはり、人生をドラマと見做《みな》していた。いや、ドラマを人生と見做していた。もう今は、誰の役にも立たぬ。唯一のHにも、他人の手垢《てあか》が附いていた。生きて行く張合いが全然、一つも無かった。ばかな、（　）の民の一人として、死んで行こうと、覚悟をきめていた。時潮が私に振り当てた役割を、忠実に演じてやろうと思った。必ず人に負けてやる、という悲しい卑屈な役割を。

問　文中の（　）に入る言葉を次の中から選びなさい。（3点）

滅亡　希望　絶望　真実

答／　滅亡

解説

死んでいく覚悟を決めたことから、判断。

太宰は絶望の果てに警察に出頭したのである。その結果、彼は裏切り者として、名前を変えて仲間から逃げなければならなくなった。このときの罪悪感も、太宰の精神を蝕《むしば》んでいった。そのときの思いを彼は次のように繰り返し表現している。

「或る月のない夜に、私ひとりが逃げたのである。とり残された五人の仲間は、すべて命を失った。私は大地主の子である。地主に例外は無い。等しく君の仇敵《きゅうてき》である。裏切者としての厳酷なる刑罰を待っていた。撃ちころされる日を待っていたのである。」

『狂言の神』

「月のない夜、私ひとりだけ逃げた。残された仲間は、すべて、いのちを失った。私は、大地主の子である。転向者の苦悩？　なにを言うのだ。あれほどたくみに裏切って、いまさら、ゆるされると思っているのか。裏切者なら、裏切者らしく振舞うがいい。」

『虚構の春』

【問題42】

けれども人生は、ドラマでなかった。二幕目は誰も知らない。「滅び」の役割を以て登場しながら、最後まで退場しない男もいる。小さい遺書のつもりで、こんな穢《きたな》い子供もいましたという幼年及び少年時代の私の告白を、書き綴ったのであるが、その遺書が、逆に猛烈に気がかりになって、私の虚無に幽かな燭燈《ともし》がともった。死に切れなかった。その「思い出」一篇だけでは、なんとしても、不満になって来たのである。どうせ、ここまで書いたのだ。全部を書いて置きたい。きょう迄の生活の全部を、ぶちまけてみたい。あれも、これも。書いて置きたい事が一ぱい出て来た。まず、鎌倉の事件を書いて、駄目。どこかに手落が在る。さらに又、一作書いて、やはり不満である。溜息ついて、また次の一作にとりかかる。ピリオドを打ち得ず、小さいコンマの連続だけである。永遠においでおいでの、あの悪魔《デモン》に、私はそろそろ食われかけていた。蟷螂《とうろう》の（　）である。

問　文中の（　）に入る言葉を次の中から選びなさい。（3点）

　夢　恥　斧　旗

答／斧

解説

慣用表現。蟷螂はカマキリのこと。カマキリが前足を振り上げ大きな車に向かっていくことから、自分の微力な力量を顧みず、強敵に反抗すること。

【問題43】

私は二十五歳になっていた。昭和八年である。私は、このとしの三月に大学を卒業しなければならなかった。けれども私は、卒業どころか、てんで試験にさえ出ていない。故郷の兄たちは、それを知らない。ばかな事ばかり、やらかしたがそのお詫びに、学校だけは卒業して見せてくれるだろう。それくらいの誠実は持っている奴だと、ひそかに期待していた様子であった。私は見事に裏切った。卒業する気は無いのである。信頼している者を欺くことは、狂せんばかりの地獄である。それからの二年間、私は、その地獄の中に住んでいた。来年は、必ず卒業します。どうか、もう一年、おゆるし下さい、と長兄に泣訴《きゅうそ》しては裏切る。そのとしも、そうであった。その翌るとしも、そうであった。死ぬるばかりの猛省と自嘲と恐怖の中で、死にもせず私は、身勝手な、遺書と称する一聯《いちれん》の作品に凝っていた。これが出来たならば。そいつは所詮《しょせん》、青くさい気取った感傷に過ぎなかったのかも知れない。けれども私は、その（　）に、命を懸けていた。私は書き上げた作品を、大きい紙袋に、三つ四つと貯蔵した。次第に作品の数も殖えて来た。私は、その紙袋に毛筆で、「晩年」と書いた。その一聯の遺書の、銘題のつもりであった。もう、これで、おしまいだという意味なのである。

問　文中の（　　）に入る言葉を次の中から選びなさい。（3点）

才能　希望　野心　感傷

答／　感傷

解説

文脈の問題。直前に「感傷に過ぎなかった」とあり、それを逆接「けれども」でひっくり返しているので、「その感傷に、命を懸けていた」となる。

【問題44】

芝の空家に買手が附いたとやらで、私たちは、そのとしの早春に、そこを引き上げなければならなかった。学校を卒業できなかったので、故郷からの仕送りも、相当減額されていた。一層倹約をしなければならぬ。杉並区・天沼《あまぬま》三丁目。知人の家の一部屋を借りて住んだ。その人は、新聞社に勤めて居られて、立派な市民であった。それから二年間、共に住み、実に心配をおかけした。私には、学校を卒業する気は、さらに無かった。馬鹿のように、ただ、あの著作集の完成にのみ、気を奪われていた。何か言われるのが恐しくて、私は、その知人にも、またHにさえ、来年は卒業出来るという、一時のがれの嘘をついていた。一週間に一度くらいは、ちゃんと制服を着て家を出た。学校の図書館で、いい加減にあれこれ本を借り出して読み散らし、やがて居眠りしたり、また作品の下書をつくったりして、夕方には図書館を出て、天沼へ帰った。Hも、またその知人も、私を少しも疑わなかった。表面は、全く無事であったが、私は、ひそかに、あせっていた。刻一刻、気がせいた。故郷からの仕送りが、切れないうちに書き終えたかった。けれども、なかなか骨が折れた。書いては破った。私は、ぶざまにもあの（　　）に、骨の髄まで食い尽されていた。

問　文中の（　　）に入る言葉を次の中から選びなさい。（3点）

野心　悪魔　天使　欲望

答／　悪魔

解説

太宰にとって、小説を書きたいといった衝動は、「問題42」で、心に巣食った悪魔によるものだと述べている。

【問題45】

一年経った。私は卒業しなかった。兄たちは激怒したが、私はれいの泣訴した。来年は必ず卒業しますと、はっきり嘘を言った。それ以外に、送金を願う口実は無かった。実情はとても誰にも、言えたものではなかった。私は（　）者を作りたくなかったのである。私ひとりを、完全に野良息子にして置きたかった。すると、周囲の人の立場も、はっきりしていて、いささかも私に巻添え食うような事がないだろうと信じた。遺書を作るために、もう一年などと、そんな突飛な事は言い出せるものでない。私は、ひとりよがりの謂わば詩的な夢想家と思われるのが、何よりいやだった。兄たちだって、私がそんな非現実的な事を言い出したら、送金したくても、送金を中止するより他は無かったろう。実情を知りながら送金したとなれば、兄たちは、後々世間の人から、私の共犯者のように思われるだろう。それは、いやだ。私はあくまで狡智佞弁《こうちねいべん》の弟になって兄たちを欺いていなければならぬ、と盗賊の三分の理窟《りくつ》に似ていたが、そんなふうに大真面目に考えていた。私は、やはり一週間にいちどは、制服を着て登校した。Hも、またその新聞社の知人も、来年の卒業を、美しく信じていた。私は、せっぱ詰まった。来る日も来る日も、真黒だった。私は、悪人でない！　人を欺く事は、地獄である。やがて、天沼一丁目。三丁目は通勤に不便のゆえを以て、知人は、そのとしの春に、一丁目の市場の裏に居を移した。荻窪駅の近くである。誘われて私たちも一緒について行き、その家の二階の部屋を借りた。私は毎夜、眠られなかった。安い酒を飲んだ。痰《たん》が、やたらに出た。病気かも知れぬと思うのだが、私は、それどころでは無かった。早く、あの、紙袋の中の作品集を纏《まと》めあげたかった。身勝手な、いい気な考えであろうが、私はそれを、皆へのお詫びとして残したかった。私に出来る精一ぱいの事であった。そのとしの晩秋に、私は、どうやら書き上げた。二十数篇の中、十四篇だけを選び出し、あとの作品は、書き損じの原稿と共に焼き捨てた。行李《こうり》一杯ぶんは充分にあった。庭に持ち出して、きれいに燃やした。

問　文中の（　　）に入る言葉を次の中から選びなさい。（3点）

共犯　保護　共鳴　敵対

答／　共犯

解説

もし、兄たちに遺書を作るために、一年間の仕送りを頼んだなら、兄たちも自殺の共犯者となる。

太宰治は経済的な面でほとんど無能な人だった。その生活費の大半を兄からの仕送りに頼っていた。

だが、仕送りの条件は、大学卒業までだったのだ。共産党活動で警察に追われたり、自殺を繰り返したりと、津島家としても大学卒業を機に、家の名を傷つけ続ける太宰との関係を断ち切りたかったのである。

太宰は大学を卒業できる見込みが無かった。「遺書」としての作品を書き続けるために、あと一年、兄たちを騙して仕送りを続けてもらう必要があったのだ。

兄たちや初代を騙し続ける太宰も苦しかったに違いない。

【問題46】

「ね、なぜ焼いたの」Hは、その夜、ふっと言い出した。

「要らなくなったから」私は微笑して答えた。

「なぜ焼いたの」同じ言葉を繰り返した。泣いていた。

私は身のまわりの整理をはじめた。人から借りていた書籍はそれぞれ返却し、手紙やノオトも、屑屋に売った。「晩年」の袋の中には、別に書状を二通こっそり入れて置いた。準備が出来た様子である。私は毎夜、安い酒を飲みに出かけた。Hと顔を合わせて居るのが、恐しかったのである。そのころ、或る学友から、同人雑誌を出さぬかという相談を受けた。私は、半ばは、いい加減であった。「青い花」という名前だったら、やってもいいと答えた。冗談から駒が出た。諸方から同志が名乗って出たのである。その中の二人と、私は急激に親しくなった。私は謂わば青春の最後の情熱を、そこで燃やした。死ぬる前夜の（　　）である。共に酔って、低能の学生たちを殴打した。穢《けが》れた女たちを肉親のように愛した。Hの簞笥《たんす》は、Hの知らぬ間に、からっぽになっていた。純文芸冊子「青い花」は、そのとしの十二月に出来た。たった一冊出て仲間は四散した。目的の無い異様な熱狂に呆れたのである。あとには、私たち三人だけが残った。三馬鹿と言われた。けれども此の三人は生涯の友人であった。私には、二人に教えられたものが多く在る。

問　文中の（　　）に入る言葉を次の中から選びなさい。（3点）

儀式　乱舞　祝祭　絶望

答／乱舞

解説

自殺する前の狂乱状態である。

【問題47】

あくる年、三月、そろそろまた卒業の季節である。私は、某新聞社の入社試験を受けたりしていた。同居の知人にも、またHにも、私は近づく卒業にいそいそしているように見せ掛けたかった。新聞記者になって、一生平凡に暮すのだ、と言って一家を明るく笑わせていた。どうせ露見する事なのに、一日でも一刻でも永く平和を持続させたくて、人を驚愕《きようがく》させるのが何としても恐しくて、私は懸命に其の場かぎりの嘘をつくのである。私は、いつでも、そうであった。そうして、せっぱつまって、死ぬ事を考える。結局は露見して、人を幾層倍も強く驚愕させ、激怒させるばかりであるのに、どうしても、その興覚めの現実を言い出し得ず、もう一刻、もう一刻と自ら（　　）の地獄を深めている。もちろん新聞社などへ、はいるつもりも無かったし、また試験にパスする筈も無かった。完璧の瞞着《まんちやく》の陣地も、今は破れかけた。死ぬ時が来た、と思った。私は三月中旬、ひとりで鎌倉へ行った。昭和十年である。私は鎌倉の山で縊死《いし》を企てた。

問　文中の（　）に入る言葉を次の中から選びなさい。（3点）

喜劇　偽善　虚偽　破壊

答／　虚偽

解説

自殺を決意しているにもかかわらず、あと一年で大学を卒業できるとか、就職するとか、懸命に周囲を騙し続けることが地獄の苦しみだったということ。

【問題48】

やはり鎌倉の、海に飛び込んで騒ぎを起してから、五年目の事である。私は泳げるので、海で死ぬのは、むずかしかった。私は、かねて確実と聞いていた縊死を選んだ。けれども私は、再び、ぶざまな失敗をした。息を、吹き返したのである。私の首は、人並はずれて太いのかも知れない。首筋が赤く爛《ただ》れたままの姿で、私は、ぼんやり天沼の家に帰った。

自分の（　）を自分で規定しようとして失敗した。ふらふら帰宅すると、見知らぬ不思議な世界が開かれていた。Hは、玄関で私の背筋をそっと撫《な》でた。他の人も皆、よかった、よかったと言って、私を、いたわってくれた。人生の優しさに私は呆然とした。長兄も、田舎から駈けつけて来ていた。私は、長兄に厳しく罵倒《ばとう》されたけれども、その兄が懐しくて、慕わしくて、ならなかった。私は、生まれてはじめてと言っていいくらいの不思議な感情ばかりを味わった。

問　文中の（　）に入る言葉を次の中から選びなさい。（3点）

死期　最期　人生　運命

答／　運命

解説

選択肢のどれもが間違いとはいえない。太宰らしい表現はどれか。

二・二六事件が勃発する前年の昭和十年、太宰はいよいよ死ぬときが来たと、鎌倉で縊死をはかり、失敗する。

その後、太宰の前には思ってみなかった不思議な世界が展開されたのだ。

初代や兄、師である井伏鱒二らが、自分を一晩中探し、無事な姿を見ると泣いて喜んでくれたのだ。今まで死ぬことばかり考えていたけれど、この人たちのためにも生きよう、生きなければならないと思ったのだ。

【問題49】

思いも設けなかった運命が、すぐ続いて展開した。それから数日後、私は劇烈な腹痛に襲われたのである。私は一昼夜眠らずに怺《こら》えた。湯たんぽで腹部を温めた。気が遠くなりかけて、医者を呼んだ。私は蒲団のままで寝台車に乗せられ、阿佐ヶ谷の外科病院に運ばれた。すぐに手術された。盲腸炎である。医者に見せるのが遅かった上に、湯たんぽで温めたのが悪かった。腹膜に膿《うみ》が流出していて、困難な手術になった。手術して二日目に、咽喉《のど》から血塊がいくらでも出た。前からの胸部の病気が、急に表面にあらわれて来たのであった。私は、虫の息になった。医者にさえはっきり見放されたけれども、（　　）の深い私は、少しずつ恢復《かいふく》して来た。一箇月たって腹部の傷口だけは癒着した。けれども私は伝染病患者として、世田谷区・経堂《きょうどう》の内科病院に移された。Hは、絶えず私の傍に附いていた。ベエゼしてもならぬと、お医者に言われました、と笑って私に教えた。その病院の院長は、長兄の友人であった。私は特別に大事にされた。広い病室を二つ借りて家財道具全部を持ち込み、病院に移住してしまった。

問　文中の（　）に入る言葉を次の中から選びなさい。（3点）

悪業　強欲　悪運　執念

答／悪業

解説

死のうと思いながらも、何度も自殺に失敗したことを、業が深いと述べている。

【問題50】

五月、六月、七月、そろそろ藪蚊《やぶか》が出て来て病室に白い蚊帳《かや》を吊りはじめたころ、私は院長の指図で、千葉県船橋町に転地した。海岸である。町はずれに、新築の家を借りて住んだ。転地保養の意味であったのだが、ここも、私の為に悪かった。地獄の大動乱がはじまった。私は、阿佐ヶ谷の外科病院にいた時から、いまわしい悪癖に馴染んでいた。麻痺《まひ》剤の使用である。はじめは医者も私の患部の苦痛を鎮める為に、朝夕ガアゼの詰めかえの時にそれを使用したのであったが、やがて私は、その薬品に拠らなければ眠れなくなった。私は不眠の苦痛には極度にもろかった。私は毎夜、医者にたのんだ。ここの医者は、私のからだを見放していた。私の願いを、いつでも優しく聞き容《い》れてくれた。内科病院に移ってからも、私は院長に執拗《しつよう》にたのんだ。院長は三度に一度くらいは渋々応じた。もはや、肉体の為では無くて、自分の（　）、焦躁《しょうそう》を消す為に、医者に求めるようになっていたのである。

問　文中の（　）に入る言葉を次の中から選びなさい。（3点）

絶望　罪過　夢幻　慚愧

答／　慚愧

解説
慚愧《ざんき》とは、恥じ入ること。太宰は盲腸炎の苦痛を鎮めるため、パビナール中毒になってしまったのである。ここからが、太宰の本当の狂乱状態であった。

【問題51】

私には侘しさを怺《た》える力が無かった。船橋に移ってからは町の医院に行き、自分の不眠と中毒症状を訴えて、その薬品を強要した。のちには、その気の弱い町医者に無理矢理、証明書を書かせて、町の薬屋から直接に薬品を購入した。気が附くと、私は陰惨な中毒患者になっていた。たちまち、金につまった。私は、その頃、毎月九十円の生活費を、長兄から貰っていた。それ以上の臨時の入費に就いては、長兄も流石に拒否した。当然の事であった。私は、兄の愛情に報いようとする努力を何一つ、していない。身勝手に、命をいじくり廻してばかりいる。そのとしの秋以来、時たま東京の街に現れる私の姿は、既に薄穢《うすぎたな》い半狂人であった。その時期の、様々の情ない自分の姿を、私は、みんな知っている。忘れられない。私は、日本一の（　　）な青年になっていた。十円、二十円の金を借りに、東京へ出て来るのである。雑誌社の編輯員《へんしゅういん》の面前で、泣いてしまった事もある。あまり執拗《しつこ》くたのんで編輯員に呶鳴られた事もある。その頃は、私の原稿も、少しは金になる可能性があったのである。

問　文中の（　　）に入る言葉を次の中から選びなさい。（3点）

陋劣　愚劣　残念　欺瞞

答／　陋劣

解説

読みは「ろうれつ」。自分自身を最も卑下した言葉。

【問題52】

私が阿佐ヶ谷の病院や、経堂の病院に寝ている間に、友人達の奔走に依り、私の、あの紙袋の中の「遺書」は二つ三つ、いい雑誌に発表せられ、その反響として起った罵倒の言葉も、また支持の言葉も、共に私には強烈すぎて狼狽《ろうばい》、不安の為に逆上して、薬品中毒は一層すすみ、あれこれ苦しさの余り、のこのこ雑誌社に出掛けては編輯員または社長にまで面会を求めて、原稿料の前借をねだるのである。自分の苦悩に狂いすぎて、（　　）もまた精一ぱいで生きているのだという当然の事実に気附かなかった。あの紙袋の中の作品も、一篇残さず売り払ってしまった。もう何も売るものが無い。すぐには作品も出来なかった。既に材料が枯渇《こかつ》して、何も書けなくなっていた。その頃の文壇は私を指さして、「才あって徳なし」と評していたが、私自身は、「徳の芽あれども才なし」であると信じていた。私には所謂《いわゆる》、文才というものは無い。からだごと、ぶっつけて行くより、てを知らなかった。野暮《やぼ》天《てん》である。一宿一飯の恩義などという固苦しい道徳に悪くこだわって、やり切れなくなり、逆にやけくそに破廉恥ばかり働く類《たぐい》である。私は厳しい保守的な家に育った。借銭は、最悪の罪であった。借銭から、のがれようとして、更に大きい借銭を作った。あの薬品の中毒をも、借銭の慚愧を消すために、もっともっと、と自ら強くした。薬屋への支払いは、増大する一方である。私は白昼の銀座をめそめそ泣きながら歩いた事もある。金が欲しかった。私は二十人ちかくの人から、まるで奪い取るように金を借りてしまった。死ねなかった。その借銭を、きれいに返してしまってから、死にたく思っていた。

問　文中の（　）に入る言葉を次の中から選びなさい。（3点）

誰　世間　貧しい人　他の人

答／　他の人

解説

直前の「自分」との対立関係を考える。

太宰は麻薬中毒になってしまった。薬代ほしさに、真っ昼間から銀座の街を泣きながら彷徨《さまよ》ったりした。金に窮した太宰は心当たりの友人・知人すべてに借金の手紙を書いた。

例の遺書として書いた作品が二つ、三つと雑誌に発表され、『逆行』がこの年に制定されたばかりの第一回芥川賞の候補となる。太宰はその賞金に期待したが、結局、受賞は石川達三の『蒼氓《そうぼう》』、絶望した太宰は選考委員川端康成の「作者目下の生活に厭《いや》な雲ありて、才能の素直に発せざる憾《うら》みあった」との評に激怒した。「小鳥を飼い、舞踏を見るのがそんなに立派な生活なのか」と、川端を罵倒した。太宰の芥川賞に対する執着は異常で、第二回、三回と、選考委員の佐藤春夫に泣訴状を送っている。

【問題53】

私は、人から相手にされなくなった。船橋へ転地して一箇年経って、昭和十一年の秋に私は自動車に乗せられ、東京、板橋区の或る病院に運び込まれた。一夜眠って、眼が覚めてみると、私は脳病院の一室にいた。

一箇月そこで暮して、秋晴れの日の午後、やっと退院を許された。私は、迎えに来ていたHと二人で自動車に乗った。

一箇月振りで逢ったわけだが、二人とも、黙っていた。自動車が走り出して、しばらくしてからHが口を開いた。

「もう薬は、やめるんだね」怒っている口調であった。

「僕は、これから信じないんだ」私は病院で覚えて来た唯一の事を言った。

「そう」現実家のHは、私の言葉を何か金銭的な意味に解したらしく、深く首肯《うなず》いて、「人は、あてになりませんよ」

「（　）の事も信じないんだよ」

Hは気まずそうな顔をした。

問　文中の（　）に入る言葉を次の中から選びなさい。（4点）
だれ　世間　人　おまえ

答／　おまえ

解説
直後の「Hは気まずそうな顔をした」から考える。
昭和十一年（一九三六）二十七歳の時、井伏鱒二や初代から強引に説得され、太宰は武蔵野病院に入院する。病棟に入れられ、ガチャンと鍵をかけられ、そこが精神病院だと初めて知ったのである。

その時の衝撃、絶望が、後の『人間失格』の主題となっている。最も身近な人、愛する人、尊敬する人からも、狂人と思われていたのである。

「いまはもう自分は、罪人どころではなく、狂人でした。いいえ、断じて自分は狂ってなどいなかったのです。一瞬間といえども、狂った事は無いんです。けれども、ああ、狂人は、たいてい自分の事をそう言うものだそうです。つまり、この病院にいれられた者は気違い、いれられなかった者は、ノーマルという事になるようです。

神に問う。無抵抗は罪なりや？

堀木のあの不思議な美しい微笑に自分は泣き、判断も抵抗も忘れて自動車に乗り、そうしてここに連れて来られて、狂人という事になりました。いまに、ここから出ても、自分はやっぱり狂人、いや、廃人という刻印を額に打たれる事でしょう。

人間、失格。

もはや、自分は、完全に、人間で無くなりました。」

『人間失格』

【問題54】

船橋の家は、私の入院中に廃止せられて、Hは杉並区・天沼三丁目のアパートの一室に住んでいた。私は、そこに落ちついた。二つの雑誌社から、原稿の注文が来ていた。すぐに、その退院の夜から、私は書きはじめた。二つの小説を書き上げ、その原稿料を持って、熱海に出かけ、一箇月間、節度も無く酒を飲んだ。この後どうしていいか、わからなかった。長兄からは、もう三年間、月々の生活費をもらえる事になっていたが、入院前の山ほどの負債は、そのままに残っていた。熱海で、いい小説を書き、それで出来たお金でもって、目前の最も気がかりな負債だけでも返そうという計画も、私には在ったのであるが、小説を書くどころか、私は自分の周囲の荒涼に堪えかねて、ただ、酒を飲んでばかりいた。つくづく自分を、駄目な男だと思った。熱海では、かえって私は、さらに借銭を、ふやしてしまった。何をしても、だめである。私は、完全に敗れた様子であった。

私は天沼のアパートに帰り、あらゆる望みを放棄した薄よごれた肉体を、ごろりと横たえた。私は、はや二十九歳であった。何も無かった。私には、どてら一枚。Hも、着たきりであった。もう、この辺が、どん底というものであろうと思った。長兄からの月々の仕送りに縋《すが》って、（　）のように黙って暮した。

問　文中の（　　）に入る言葉を次の中から選びなさい。（4点）

蝶　蠅　虫　鼠

答／　虫

解説

このときの太宰の生活を比喩的に表現したもの。

【問題55】

けれども、まだまだ、それは、どん底ではなかった。そのとしの早春に、私は或る洋画家から思いも設けなかった意外の相談を受けたのである。ごく親しい友人であった。私は話を聞いて、窒息しそうになった。Hが既に、哀しい間違いを、していたのである。あの、不吉な病院から出た時、自動車の中で、私の何でも無い抽象的な放言に、ひどくどぎまぎしたHの様子がふっと思い出された。私はHに苦労をかけて来たが、けれども、生きて在る限りはHと共に暮して行くつもりでいたのだ。私の愛情の表現は拙いから、Hも、また洋画家も、それに気が附いてくれなかったのである。相談を受けても、私には、どうする事も出来なかった。私は、誰にも傷をつけたく無いと思った。三人の中では、私が一番の年長者であった。私だけでも落ちついて、立派な指図をしたいと思ったのだが、やはり私は、あまりの事に顚倒《てんとう》し、狼狽し、おろおろしてしまって、かえってHたちに軽蔑されたくらいであった。何も出来なかった。そのうちに洋画家は、だんだん逃腰になった。私は、苦しい中でも、Hを（　）に思った。Hは、もう、死ぬるつもりでいるらしかった。どうにも、やり切れなくなった時に、私も死ぬ事を考える。二人で一緒に死のう。神さまだって、ゆるしてくれる。私たちは、仲の良い兄妹のように、旅に出た。水上温泉。その夜、二人は山で自殺を行った。Hを死なせては、ならぬと思った。私は、その事に努力した。Hは、生きた。私も見事に失敗した。薬品を用いたのである。

問　文中の（　）に入る言葉を次の中から選びなさい。（3点）

軽薄　可憐　不憫　醜悪

答／　不憫

解説

直後の「二人で一緒に死のう」が、根拠。読みは「ふびん」。

高校時代のカルモチン服毒自殺。銀座のカフェの女給、田部あつみとの鎌倉心中事件、鎌倉縊死事件に続いて、水上温泉心中事件は四度目の自殺である。

昭和十二年の早春、武蔵野病院から退院した後、これからは生まれ変わり、初代と人生をやり直そうと思った。だが、初代は身内である洋画家と姦通事件を起こしていたのだ。初代はすべてを告白し、二人を一緒にしてほしいと哀願した。太宰はひたすら狼狽するしか無かった。

ところが、その洋画家はいざとなると初代を避けるようになった。初代はもうどうしていいか分からない、死にたいと言った。

「ゆるすも、ゆるさぬもありません。ヨシ子は信頼の天才なのです。ひとを疑う事を知らなかったのです。しかし、それゆえの悲惨。

神に問う。信頼は罪なりや。

ヨシ子が汚されたという事よりも、ヨシ子の信頼が汚されたという事が、自分にとってそののち永く、生きておられないほどの苦悩の種になりました。自分のような、いやらしくおどおどして、ひとの顔いろばかり伺い、人を信じる能力が、ひび割れてしまっているものにとって、ヨシ子の無垢《むく》の信頼心は、それこそ青葉の滝のようにすがすがしく思われていたのです。それが一夜で、黄色い汚水に変ってしまいました。見よ、ヨシ子は、その夜から自分の一顰《いっぴん》一笑にさえ気を遣うようになりました。

「おい」

と呼ぶと、ぴくっとして、もう眼のやり場に困っている様子です。どんなに自分が笑わせようとして、お道化を言っても、おろおろし、びくびくし、やたらに自分に敬語を遣うようになりました。

果して、無垢の信頼心は、罪の原泉なりや。」

『人間失格』

【問題56】

私たちは、とうとう別れた。Hを此の上ひきとめる勇気が私に無かった。捨てたと言われてもよい。人道主義とやらの虚勢で、我慢を装ってみても、その後の日々の醜悪な地獄が明確に見えているような気がした。Hは、ひとりで田舎の母親の許《もと》へ帰って行った。洋画家の消息は、わからなかった。私は、ひとりアパートに残って自炊の生活をはじめた。焼酎を飲む事を覚えた。歯がぼろぼろに欠けて来た。私は、いやしい顔になった。私は、アパートの近くの下宿に移った。最下等の下宿屋であった。私は、それが自分に、ふさわしいと思った。これが、この世の見おさめと、門辺《かどべ》に立てば月かげや、枯野は走り、松は佇《たたず》む。私は、下宿の四畳半で、ひとりで酒を飲み、酔っては下宿を出て、下宿の門柱に寄りかかり、そんな出鱈目な歌を、小声で呟《つぶや》いている事が多かった。二、三の共に離れがたい親友の他には、誰も私を相手にしなかった。私が世の中から、どんなに見られているのか、少しずつ私にも、わかって来た。私は無智驕慢《きょうまん》の無頼漢、または白痴、または下等狡猾《こうかつ》の好色漢、にせ天才の詐欺師、ぜいたく三昧《ざんまい》の暮しをして、金につまると狂言自殺をして田舎の親たちを、おどかす。貞淑の妻を、犬か猫のように虐待して、とうとう之《これ》を追い出した。その他、様々の伝説が嘲笑、嫌悪憤怒《ふんぬ》を以て世人に語られ、私は全く葬り去られ、（　）の待遇を受けていたのである。私は、それに気が附き、下宿から一歩も外に出たくなくなった。酒の無い夜は、塩せんべいを齧《かじ》りながら探偵小説を読むのが、幽《かす》かに楽しかった。雑誌社からも新聞社からも、原稿の注文は何も無い。また何も書きたくなかった。書けなかった。けれども、あの病気中の借銭に就いては、誰もそれを催促する人は無かったが、私は夜の夢の中でさえ苦しんだ。私は、もう三十歳になっていた。

問　文中の（　　）に入る言葉を次の中から選びなさい。（3点）

廃人　悪人　罪人　悪魔

解説

直前の「私は全く葬り去られ」から、判断。

答／　廃人

【問題57】

何の転機で、そうなったろう。私は、生きなければならぬと思った。故郷の家の不幸が、私にその当然の力を与えたのか。長兄が代議士に当選して、その直後に選挙違犯で起訴された。私は、長兄の厳しい人格を畏敬している。周囲に悪い者がいたのに違いない。姉が死んだ。甥《おい》が死んだ。従弟《いとこ》が死んだ。私は、それらを風聞に依って知った。早くから、故郷の人たちとは、すべて音信不通になっていたのである。相続く故郷の不幸が、寝そべっている私の上半身を、少しずつ起してくれた。私は、故郷の家の大きさに、はにかんでいたのだ。金持の子というハンデキャップに、やけくそを起していたのだ。不当に恵まれているという、いやな恐怖感が、幼時から、私を卑屈にし、厭世《えんせい》的にしていた。金持の子供は金持の子供らしく大地獄に落ちなければならぬという信仰を持っていた。逃げるのは卑怯だ。立派に、悪業の子として死にたいと努めた。けれども、一夜、気が附いてみると、私は金持の子供どころか、着て出る着物さえ無い賤民《せんみん》であった。故郷からの仕送りの金も、ことし一年で切れる筈《はず》だ。既に戸籍は、分けられて在る。しかも私の生まれて育った故郷の家も、いまは不仕合わせの底にある。もはや、私には人に恐縮しなければならぬような生得の特権が、何も無い。かえって、マイナスだけである。その自覚と、もう一つ。下宿の一室に、死ぬる気魄《きはく》も失って寝ころんでいる間に、私のからだが不思議にめきめき頑健になって来たという事実を、大いに重要な一因として挙げなければならぬ。なお又、年齢、戦争、歴史観の動揺、怠惰への嫌悪、文学への謙虚、神は在る、などといろいろ挙げる事も出来るであろうが、人の転機の説明は、どうも何だか空々しい。その説明が、ぎりぎりに正確を期したものであっても、それでも必ずどこかに（　）の間隙《かんげき》が匂っているものだ。人は、いつも、こう考えたり、そう思ったりして行路を選んでいるものでは無いからでもあろう。多くの場合、人はいつのまにか、ちがう野原を歩いている。

問　文中の（　　）に入る言葉を次の中から選びなさい。（4点）

悪　善　虚　嘘

答／　嘘

解説

人の転機の説明に関して、その説明が正確を期したものであっても、実際はそうではないから。

【問題58】

私は、その三十歳の初夏、はじめて本気に、文筆生活を志願した。思えば、晩《おそ》い志願であった。私は下宿の、何一つ道具らしい物の無い四畳半の部屋で、懸命に書いた。下宿の夕飯がお櫃《ひつ》に残れば、それでこっそり握りめしを作って置いて深夜の仕事の空腹に備えた。こんどは、遺書として書くのではなかった。（　　）行く為に、書いたのだ。一先輩は、私を励ましてくれた。世人がこぞって私を憎み嘲笑していても、その先輩作家だけは、始終かわらず私の人間をひそかに支持して下さった。私は、その貴い信頼にも報いなければならぬ。

やがて、「姥捨《うばすて》」という作品が出来た。Hと水上温泉へ死にに行った時の事を、正直に書いた。之は、すぐに売れた。忘れずに、私の作品を待っていてくれた編輯者が一人あったのである。私はその原稿料を、むだに使わず、まず質屋から、よそ行きの着物を一まい受け出し、着飾って旅に出た。甲州の山である。さらに思いをあらたにして、長い小説にとりかかるつもりであった。

問　文中の（　　）に入る言葉を次の中から選びなさい。（4点）

死んで　戦って　進んで　生きて

答／生きて

解説

直前の「遺書として書くのではなかった」から、「死ぬ」と反対の言葉が答。

三十歳、太宰はすべてを失い、世の中で一人きりとなった。その絶望の中で、太宰は生まれて初めて生きようと思った。生きるための作品を書こうと思った。

そして、できあがった作品が『姥捨』だった。

やがて、井伏鱒二と甲府へ赴き、富士山を眺めながら長編小説に取りかかる。『東京八景』が堕落していく魂を描いたものならば、『富嶽百景』は魂の救済の書であろう。
だが、皮肉なことに、時代は戦争へと突入していったのである。

◎あなたの日本語力を採点しよう！

90点以上　日本語博士レベル　80点以上　日本語上級レベル
65点以上　日本語中級レベル　65点未満　日本語初級レベル

第三章　助動詞・助詞で正確な日本語を習得せよ

日本語の文章の中で、助動詞・助詞はおおざっぱに言えば品詞の三割以上を構成している。合計約百語くらいの助動詞・助詞がいかに文章の中で重要な役割を果たしているのかは、その事実だけでも明らかである。

英語を勉強するとき、疑問文・否定文・過去形・未来形・仮定法・受動態など、膨大な文法事項を学習しなければならないが、私たちが日本語を学習するとき、学校では本格的な文法時間を設けることはほとんどない。

なぜなら、英文法に当たる言葉の働きのほとんどが、日本語では助動詞・助詞が担っているからである。

だから、助動詞・助詞を正確に使いこなすことは、正確な日本語力を獲得するためには必須なのである。

太宰の作品の中の（　）に、助動詞・助詞を入れながら、文章を読んでいってほしい。太宰と同じ助動詞・助詞の使い方ができるかどうか、楽しみながらのトレーニングである。

『姥捨』からの出題

『姥捨』は、昭和十三年（一九三八）、井伏鱒二に誘われて、甲州の御坂峠《みさかとうげ》に出発する前の作品。小山初代との水上温泉心中事件に材をとっている、太宰の狂乱時代訣別の書である。

次の文章を読み、文中の（　）に入る助動詞・助詞を答えなさい。

【問題59】

そのとき、
「いいの。あたしは、きちんと仕末《しまつ》いたします。はじめから覚悟していたことなのです。ほんとうに、もう。」変った声で呟《つぶや》いた（1）、
「それはいけない。おまえの覚悟というのは私にわかっている。ひとりで死んでゆくつもり（2）、でなければ、身ひとつでやけくそに落ちてゆくか、そんなところだろうと思う。おまえには、ちゃんとした親もあれば、弟もある。私は、おまえがそんな気でいるのを、知っていながら、はいそうですかとすまして見ているわけにゆかない。」などと、ふんべつありげ

なことを言っていながら、嘉七も、ふっと死にたくなった。
「死のうか。一緒に死のう。神さまだってゆるして呉れる。」
ふたり、厳粛（3）身支度をはじめた。

（3問正解＝5点、2問正解＝4点、1問正解＝3点）

答／　1ので　2か　3に

【問題60】

あやまった人を愛撫した妻と、妻をそのような行為にまで追いやるほど、それほど日常の生活を荒廃させてしまった夫（1）、お互い身の結末を死ぬことに依《よ》ってつけようと思った。早春の一日である。そのつきの生活費が十四、五円あった。それを、そっくり携帯した。そのほか、ふたりの着換えの着物ありったけ、嘉七のどてらと、かず枝の袷《あわせ》いちまい、帯二本、それだけ（2）残ってなかった。それを風呂敷に包み、かず枝がかかえて、夫婦が珍らしく肩をならべての外出であった。夫にはマントがなかった。久留米絣《くるめがすり》の着物にハンチング、濃紺の絹の襟巻《えりまき》を首にむすんで、下駄だけは、白く新しかった。妻にもコオトがなかった。羽織も着物も同じ矢絣《やがすり》模様の銘仙《めいせん》で、うすあかい外国製の布切《ぬのきれ》のショオル（3）、不似合いに大きくその上半身を覆っていた。質屋の少し手前で夫婦はわかれた。
（3問正解＝4点、2問正解＝3点、1問正解＝2点）

答／　1と　2しか　3が

【問題61】

真昼の荻窪の駅には、ひそひそ人が出はいりしていた。嘉七は、駅のまえにだまって立って煙草をふかしていた。きょときょと嘉七を捜し求めて、ふいと嘉七の姿を認めるや、ほとんどころげる（1）に駈け寄って来て、

「成功よ。大成功。」とはしゃいでいた。「十五円も貸しやがった。ばかねえ。」

この女は死なぬ。死なせては、いけないひとだ。おれみたいに生活に圧《お》し潰《つぶ》されていない。まだまだ生活する力を残している。死ぬひとではない。死ぬことを企てたというだけ（2）、このひとの世間への申しわけが立つ筈《はず》だ。それだけで、いい。この人は、ゆるされるだろう。それでいい。おれだけ、ひとり死のう。

「それは、お手柄《てがら》だ。」と微笑してほめてやって、そっと肩を叩《たた》いてやりたく思った。「あわせて三十円じゃないか。ちょっとした旅行ができるね。」

新宿までの切符を買った。新宿で降りて、それから薬屋に走った。そこで催眠剤《さいみんざい》の大箱を一個買い、それからほかの薬屋に行って別種の催眠剤を一箱買った。かず枝を店の外に待たせて置いて、嘉七は笑いながらその薬品を買い求めたので、別段、薬屋にあやしまれることはなかった。さいごに三越にはいり、薬品部に行き、店の雑沓《ざっとう》（3）に少し大胆になり、大箱を二つ求めた。

（3問正解＝5点、2問正解＝4点、1問正解＝3点）

答／　1よう　2で　3ゆえ

【問題62】

自動車に乗り、浅草へ行った。活動館へはいって、そこでは荒城の月という映画をやっていた。さいしょ田舎の小学校の屋根や柵《さく》が映されて、小供の唱歌が聞えて来た。嘉七は、それに泣かされた。

「恋人どうしはね、」嘉七は暗闇のなかで笑いながら妻に話しかけた。「こうして活動を見ていながら、こうやって手を握り合っているものだ（1）だ。」ふびんさに、右手でもってかず枝の左手をたぐり寄せ、そのうえに嘉七のハンチングをかぶせてかくし、かず枝の小さい手をぐっと握ってみたが、流石《さすが》にかかる苦しい立場に置かれて在る夫婦の間では、それは、不潔に感じられ、おそろしくなって、嘉七は、そっと手を離した。かず枝は、ひくく笑った。嘉七の不器用な冗談に笑ったので（2）なく、映画のつまらぬギャグに笑い興じていたのだ。

このひとは、映画を見ていて幸福になれるつつましい、いい女だ。このひとを、ころしてはいけない。こんなひとが死ぬなんて、間違いだ。

「死ぬの、よさないか？」

「ええ、どうぞ。」うっとり映画を見つづけながら、ちゃんと答えた。「あたし、ひとりで死ぬつもりなんです（3）。」

（3問正解＝5点、2問正解＝4点、1問正解＝3点）

答／　1そう　2は　3から

【問題63】

嘉七は、女体の不思議を感じた。活動館を出たときには、日が暮れていた。かず枝は、すしを食いたい、と言いだした。嘉七は、すしは生臭《なまぐさ》くて好きでなかった。それに今夜は、も少し高価なものを食いたかった。

「すしは、困るな。」

「でも、あたしは、たべたい。」かず枝に、わがままの美徳を教えたのは、とうの嘉七であった、忍従のすまし顔の不純を例証して威張って教えた。

みんなおれにはねかえって来る。

すし屋で少しお酒を呑んだ。嘉七は牡蠣《かき》のフライをたのんだ。これが東京での最後のたべものになる（1）だ、と自分に言い聞かせてみて、流石《さすが》に苦笑であった。妻は、てっかをたべていた。

「おいしいか。」

「まずい。」しんから憎々し（2）にそう言って、また一つ頬張り、「ああまずい。」

ふたりとも、あまり口をきかなかった。

すし屋を出て、それから漫才館にはいった。満員で坐れなかった。入口からあふれるほど一ぱいのお客が押し合いへし合いしながら立って見ていて、それでも、時々あははは と声をそろえて笑っていた。客たちにもまれもまれて、かず枝は、嘉七のところから、五間以上も遠くへ引き離された。かず枝は、背がひくいから、お客の垣の間から舞台を覗《のぞ》き見するのに大苦心の態《てい》であった。田舎くさい小女に見えた。嘉七も、客にもまれながら、ちょいちょい背伸びしては、かず枝のその姿を心細げ（3）追い求めているのだ。舞台よりも、かず枝の姿のほうを多く見ていた。黒い風呂敷包を胸にしっかり抱きかかえて、そのお荷物の中には薬品も包まれて在るのだが、頭をあちこち動かして舞台の芸人の有様を見ようとあせっているかず枝も、ときたまふっと振りかえって嘉七の姿を捜し求めた。ちらと互いの視線が合っても、べつだん、ふたり微笑もしなかった。なんでもない顔をしていて、けれども、やはり、安心だった。

（3問正解＝5点、2問正解＝4点、1問正解＝3点）

答／　1の　2そう　3に

【問題64】

あの女に、おれはずいぶん、お世話になった。それは、忘れてはならぬ。責任は、みんなおれに在るのだ。世の中のひとが、もし、あの人を指弾《しだん》する（1）、おれは、どんなにでもして、あのひとをかばわなければならぬ。あの女は、いいひとだ。それは、おれが知っている。信じている。

こんどのことは？　ああ、いけない、いけない。おれは、笑ってすませぬのだ。だめなのだ。あのことだけは、おれは平気で居られぬ。たまらないのだ。ゆるせ。これは、おれの最後のエゴイズムだ。倫理は、おれは、こらえることができる。感覚（2）、たまらぬのだ。とてもがまんができぬのだ。

笑いの波がわっと館内にひろがった。嘉七は、かず枝に目くばせして外に出た。

「水上《みなかみ》に行こう、ね。」その前のとしのひと夏を、水上駅から徒歩で一時間ほど登って行き着ける谷川温泉という、山の中の温泉場で過した。真実くるし過ぎた一夏ではあったが、くるしすぎて、いまでは濃い色彩の着いた絵葉書のように甘美な思い出に（3）なっていた。白い夕立の降りかかる山、川、かなしく死ねるように思われた。水上、と聞いて、かず枝のからだは急に生き生きして来た。

（3問正解＝4点、2問正解＝3点、1問正解＝2点）

答／　1なら　2が　3さえ

【問題65】

「あ、そんなら、あたし、甘栗を買って行かなくちゃ。おばさんがね、たべたいたべたい言ってたの。」その宿の老妻に、かず枝は甘えて、また、愛されてもいたようであった。ほとんど素人下宿のような宿（1）、部屋も三つしかなかったし、内湯も無くて、すぐ隣りの大きい旅館にお湯をもらいに行くか、雨降ってるときには傘をさし、夜なら提燈《ちょうちん》かはだか蠟《ろう》燭《そく》もって、したの谷川まで降りていって川原の小さい野天風呂にひたらなければならなかった。老夫婦ふたりきりで子供もなかった（2）だし、それでも三つの部屋がたまにふさがることもあって、そんなときには老夫婦てんてこまいで、かず枝も台所で手伝いやら邪魔やらしていたようであった。お膳にも、筋子《すじこ》だの納豆《なっとう》だのついていて、宿屋の料理（3）はなかった。嘉七には居心地よかった。

（3問正解＝5点、2問正解＝4点、1問正解＝3点）

答／　1で　2よう　3で

解説　心中の決行場所は水上温泉、以前旅館の老夫婦にお世話になった思い出があったからだ。もちろん老夫婦には本心を打ち明けることなどできない。あくまで旅行だとするしかなかった。

【問題66】

新潟行、十時半の汽車に乗りこんだ。

向い合って席に落ちついてから、ふたりはかすかに笑った。

「ね、あたし、こんな恰好《かっこう》をして、おばさん変に思わない（1）ら。」

「かまわないさ。ふたりで浅草へ活動見にいってその帰りに主人がよっぱらって、水上のおばさんとこに行こうってきかないから、そのまま来ましたって言えば、それでいい。」

「それも、そうね。」けろっとしていた。

すぐ、また言い出す。

「おばさん、おどろくで（2）ね。」汽車が発車するまでは、やはり落ちつかぬ様子であった。

「よろこぶだろう。きっと。」発車した。かず枝は、ふっとこわばった顔になりきょろきょろとプラットフォームを横目で見て、これでおしまいだ。度胸が出たのか、膝の風呂敷包をほどいて雑誌を取り出し、ペエジを繰った。

嘉七は、脚がだるく、胸だけ不快にわくわくして、薬を飲むような気持でウイスキイを口のみした。

金があれば、なにも、この女を死なせなくてもいいのだ。相手の、あの男が、もすこしはっきりした男だったら、これはまた別な形も執《と》れるのだ。見ちゃ居られ（3）。この女の自殺は、意味がない。

（3問正解＝5点、2問正解＝4点、1問正解＝3点）

答／　1かし　2しょう　3ぬ

【問題67】

「おい、私は、いい子かね。」だしぬけに嘉七は、言い出した。「自分ばかり、いい子になろうと、しているのかね。」

声が大きかったので、かず枝はあわて、それ（1）、眉をけわしくしかめて怒った。嘉七は、気弱く、にやにや笑った。

「だけどもね、」おどけて、わざと必要以上に声を落して、「おまえは、まだ、そんなに不仕合せじゃないのだよ。おまえは、ふつうの女だもの。わるくもなければよくもない、本質から、ふつうの女だ。けれども、私はちがう。たいへんな奴だ。どうやら、これは、ふつう以下だ。」

汽車は赤羽をすぎ、大宮をすぎ、暗闇の中をどんどん走っていた。ウイスキイの酔もあり、また、汽車の速度にうなが（2）て、嘉七は能弁になっていた。

「女房にあいそをつかされて、それだからとて、どうにもならず、こうしてうろうろ女房について廻っているのは、どんなに見っともないものか、私は知っている。おろかだ。けれども、私は、いい子じゃない。いい子は、いやだ。なにも、私が人がよくて女にだまされ、そうしてその女をあきらめ切れず、女にひきずられて死んで、芸術の仲間たちから、純粋だ、世間の人たちから、気の弱いよい人だった、などそんないい加減な同情を得ようとしているのではないのだよ。おれは、おれ自身の苦しみに負けて死ぬのだ。なにも、おまえのために死ぬわけじゃない。私にも、いけないところが、たくさんあったのだ。ひとに頼りすぎた。ひとのちからを過信した。そのことも、また、そのほかの恥ずかしい数々の私の失敗も、私自身、知っている。私は、なんとかして、あたりまえのひとの生活をしたくて、どんなに、いままで努めて来たか、おまえにも、それは、少しわかっていないか。わら一本、それにすがって生きていたのだ。ほんの少しの重さにもその藁《わら》が切れそうで、私は一生懸命だったの（3）。わかっているだろうね。私が弱いのではなくて、くるしみが、重すぎるのだ。これは、愚痴だ。うらみだ。けれども、それを、口に出して、はっきり言わなければ、ひとは、いや、おまえだって、私の鉄面皮の強さを過信して、あの男は、くるしいくるしい言ったって、ポオズだ、身振りだ、と、軽く見ている。」

（3問正解＝5点、2問正解＝4点、1問正解＝3点）

答／　1から　2され　3だ

【問題68】

自動車を棄てて、嘉七もかず枝も足袋《たび》を脱ぎ、宿まで半丁ほどを歩いた。路面の雪は溶けかけたままあやうく薄く積っていて、ふたりの下駄をびしょ濡れにした。宿の戸を叩こうとすると、すこしおくれて歩いて来たかず枝はすっと駈け寄り、

「あたしに叩かせて。あたしが、おばさんを起すのよ。」手柄を争う子供に似ていた。

宿の老夫婦は、おどろいた。謂《い》わば、静かにあわてていた。

嘉七は、ひとりさっさと二階にあがって、まえのとしの夏に暮した部屋にはいり、電燈のスイッチをひねった。かず枝の声が聞えて来る。

「それがねえ、おばさんのとこに行こうって、きかないのよ。芸術家って、子供ね。」自身の嘘に気がついてい（1）みたいに、はしゃいでいた。東京はセル、をまた言った。

そっと老妻が二階へあがって来て、ゆっくり部屋の雨戸を繰りあけながら、

「よく来たねえ。」

と一こと言った。

そとは、いくらか明るくなっていて、まっ白な山腹が、すぐ眼のまえに現われた。谷間を覗《のぞ》いてみると、もやもや朝霧の底（2）一条の谷川が黒く流れているの（3）見えた。


（3問正解＝5点、2問正解＝4点、1問正解＝3点）

答／　1ない　2に　3も

【問題69】


「おい、もう一晩のばさないか？」

「ええ、」妻は雑誌を見ながら答えた。「どうでも、いいけど。でも、お金たりなくなるかも知れないわよ。」

「いくらのこってんだい？」そんなことを聞きながら、嘉七は、つくづく、恥かしかった。みれん。これは、いやらしいことだ。世の中で、いちばんだらしないことだ。こいつ（1）いけない。おれが、こんなにぐずぐずしているのは、なんのことはない、この女のか

らだを欲しがっているせいではなかろうか。

嘉七は、閉口であった。

生きて、ふたたび、この女と暮して行く気はないのか。借銭、それも、義理のわるい借銭、これをどうする。汚名、半気ちがいとしての汚名、これをどうする。病苦、人がそれを信じて呉れない皮肉な病苦、これをどうする。そうして、肉親。

「ねえ、おまえは、やっぱり私の肉親に敗れたのだね。どうも、そうらしい。」

かず枝は、雑誌から眼を離さず、口早に答えた。

「そうよ、あたしは、どうせ気（2）いられないお嫁よ。」

「いや、そうばかりは言えないぞ。たしかにおまえにも、努力の足りないところがあった。」

「もういいわよ。たくさんよ。」雑誌をほうりだして、「理くつばかり言ってるのね。だから、きらわれるのよ。」

「ああ、そうか。おまえは、おれを、きらいだったのだね。しつれいしたよ。」嘉七は、酔漢みたいな口調（3）言った。

（3問正解＝5点、2問正解＝4点、1問正解＝3点）

答／　1は　2に　3で

【問題70】

「ひと寝いりしてから、出発だ。決行、決行。」

嘉七は、自分の蒲団をどたばたひいて、それにもぐった。

よほど酔っていたので、どうにか眠れた。ぼんやり眼がさめたのは、ひる少し過ぎで、嘉七は、わびしさに堪《た》えられなかった。はね起きて、すぐまた、寒い寒いを言いながら、下のひとに、お酒をたのんだ。

「さあ、もう起きるのだよ。出発だ。」

かず枝は、口を小さくあけて眠っていた。きょとんと眼をひらいて、

「あ、もう、そんな時間になったの？」

「いや、おひるすこしすぎただけだが、私はもう、かなわん。」

なに（1）考えたくなかった。はやく死にたかった。

それから、はやかった。このへんの温泉をついでにまわってみたい（2）と、かず枝に言わせて、宿を立った。空もからりと晴れていたし、私たちはぶらぶら歩いて途中のけしきを見ながら山を下りるから、と自動車をことわり、一丁ほど歩いて、ふと振りむくと、宿の老妻が、ずっとうしろを走って追いかけて来ていた。

「おい、おばさんが来たよ。」嘉七は不安であった。

「これ、なあ、」老妻は、顔をあからめて、嘉七に紙包を差し出し、「真綿《まわた》だよ。うちで紡《つむ》い（3）、こしらえた。何もないのでな。」

「ありがとう。」と嘉七。

「おばさん、ま、そんな心配して。」とかず枝。何か、ふたり、ほっとしていた。

嘉七は、さっさと歩きだした。

「おだいじに、行きなよ。」

「おばさんもお達者で。」うしろでは、まだ挨拶していた。嘉七はくるり廻れ右して、

「おばさん、握手。」

手をつよく握られて老妻の顔には、気まり悪さと、それから恐怖の色まであらわれていた。

（3問正解＝5点、2問正解＝4点、1問正解＝3点）

答／　1も　2から　3で

【問題71】

「酔ってるのよ。」かず枝は傍から註釈した。

酔っていた。笑い笑い老妻とわかれ、だらだら山を下るにしたがって、雪も薄くなり、嘉七は小声で、あそこか、ここか、とかず枝に相談をはじめた。かず枝は、もっと水上《みなかみ》の駅にちかいほうが、淋《さび》しくなくてよい、と言った。やがて、水上のまちが、眼下にくろく展開した。

「もはや、ゆうよはならん、ね。」嘉七は、陽気を装うて言った。

「ええ。」かず枝は、まじめにうなずいた。

路の左側の杉林に、嘉七は、わざとゆっくりはいっていった。かず枝もつづいた。雪は、ほとんどなかった。落葉が厚く積っていて、じめじめぬかった。かまわず、ずんずん進んだ。急な勾配《こうばい》は這っ（1）のぼった。死ぬことにも努力が要る。ふたり坐れるほどの草原を、やっと捜し当てた。そこには、すこし日が当って、泉もあった。

「ここにしよう。」疲れていた。

かず枝はハンケチを敷いて坐って嘉七に笑われた。かず枝は、ほとんど無言であった。風呂敷包（2）薬品をつぎつぎ取り出し、封を切った。嘉七は、それを取りあげて、

「薬のことは、私でなくちゃわからない。どれどれ、おまえは、これだけのめばいい。」
「すくないのねえ。これだけで死ねるの？」
「はじめのひとは、それだけで死ねます。私は、しじゅうのんでいるから、おまえの十倍はのまなければいけないのです。生きのこった（3）、めもあてられんからなあ。」生きのこったら、牢屋だ。

（3問正解＝4点、2問正解＝3点、1問正解＝2点）

答／　1て　2から　3ら

【問題72】

けれどもおれは、かず枝に生き残らせて、そうして卑屈な復讐をとげようとしているのではないか。まさか、そんな、あまったるい通俗小説じみた、——腹立たしく（1）なって、嘉七は、てのひらから溢《あふ》れるほどの錠剤を泉の水で、ぐっ、ぐっとのんだ。かず枝も、下手な手つきで一緒にのんだ。

接吻《せっぷん》して、ふたりならんで寝ころんで、

「じゃあ、おわかれだ。生き残ったやつは、つよく生きるんだぞ。」

嘉七は、催眠剤だけでは、なかなか死ねないことを知っていた。そっと自分のからだを崖《がけ》のふち（2）移動させて、兵古帯《へこおび》をほどき、首に巻きつけ、その端を桑《くわ》に似た幹にしばり、眠ると同時に崖から滑り落ちて、そうしてくびれて死ぬる、そんな仕掛けにして置いた。まえから、そのために崖のうえのこの草原を、とくに選定したのである。眠った。ずるずる滑っているの（3）かすかに意識した。

（3問正解＝5点、2問正解＝4点、1問正解＝3点）

答／　1さえ　2まで　3を

【問題73】

寒い。眼をあいた。まっくらだった。月かげがこぼれ落ちて、ここは？——はっと気附いた。

おれは生き残った。

のど（1）手をやる。兵古帯は、ちゃんとからみついている。腰が、つめたかった。水たまりに落ちていた。それでわかった。崖に沿って垂直に下に落ちず、からだが横転して、崖のうえの窪地《くぼち》に落ち込んだ。窪地には、泉からちょろちょろ流れ出す水がたまって、嘉七の背中から腰にかけて骨まで凍る（2）冷たかった。おれは、生きた。死ねなかったのだ。これは、厳粛の事実だ。このうえ（3）、かず枝を死なせてはならない。ああ、生きているように、生きているように。

（3問正解＝5点、2問正解＝4点、1問正解＝3点）

答／　1へ　2ほど　3は

【問題74】

四肢萎《な》えて、起きあがることさえ容易でなかった。渾身《こんしん》のちからで、起き直り、木の幹に結びつけた兵古帯をほどいて首からはずし、水たまりの中にあぐらをかいて、あたりをそっと見廻した。かず枝の姿は、無かった。

這いまわって、かず枝を捜した。崖の下（1）、黒い物体を認めた。小さい犬ころのようにも見えた。そろそろ崖を這い降りて、近づいて見ると、かず枝であった。その脚をつかんでみると、冷たかった。死んだか？　自分の手のひらを、かず枝の口に軽くあて（2）、呼吸をしらべた。無かった。ばか！　死にやがった。わがままなやつだ。異様な憤怒で、かっとなった。あらあらしく手首をつかんで脈をしらべた。かすかに脈搏が感じられた。生きている。生きている。胸に手をいれてみた。温かった。なあんだ。ばかなやつ。生き（3）いやがる。偉いぞ、偉いぞ。ずいぶん、いとしく思われた。あれくらいの分量で、まさか死ぬわけはない。ああ、あ。多少の幸福感を以《もっ》て、かず枝の傍に、仰向に寝ころがった。それ切り嘉七は、また、わからなくなった。

二度目にめがさめたときには、傍のかず枝は、ぐうぐう大きな鼾《いびき》をかいていた。嘉七は、それを聞いていながら、恥ずかしいほどであった。丈夫なやつだ。

「おい、かず枝。しっかりしろ。生きちゃった。ふたりとも、生きちゃった。」苦笑しながら、かず枝の肩をゆすぶった。

（3問正解＝5点、2問正解＝4点、1問正解＝3点）

答／　1に　2て　3て

【問題75】

かず枝は、安楽そうに眠りこけていた。深夜の山の杉の木は、にょきにょき黙ってつっ立って、尖《とが》った針の梢《こずえ》には、冷い半月がかかっていた。なぜ（1）、涙が出た。しくしく嗚咽《おえつ》をはじめた。おれは、まだまだ子供だ。子供が、なんでこんな苦労をしなければならぬのか。

突然、傍のかず枝が、叫び出した。

「おばさん。いたいよう。胸が、いたいよう。」笛の音に似ていた。

嘉七は驚駭《きょうがい》した。こんな大きな声を出して、もし、誰か麓《ふもと》の路を通るひとにでも聞かれたら、たまったものでないと思った。

「かず枝、ここは、宿ではないんだよ。おばさんなんていないのだよ。」

わかる筈《はず》がなかった。いたいよう、いたいようと叫びな（2）、からだを苦しげにくねくねさせて、そのうちにころころ下にころがっていった。ゆるい勾配《こうばい》が、麓の街道までもかず枝のからだをころがして行く（3）に思われ、嘉七も無理に自分のからだをころがしてそのあとを追った。一本の杉の木にさえぎ止められ、かず枝は、その幹にまつわりついて、

「おばさん、寒いよう。火燵《こたつ》もって来てよう。」と高く叫んでいた。

（3問正解＝5点、2問正解＝4点、1問正解＝3点）

答／　1か　2がら　3よう

【問題76】

近寄って、月光に照されたかず枝を見ると、もはや、人の姿で（1）なかった。髪は、ほどけて、しかもその髪には、杉の朽葉が一ぱいついて、獅子の精の髪のように、山姥《やまうば》の髪のように、荒く大きく乱れていた。

しっかりしなければ、おれだけでも、しっかりしなければ。嘉七は、よろよろ立ちあがって、かず枝を抱きかかえ、また杉林の奥のほうへ引きかかえそうと努めた。つんのめり、這《は》いあがり、ずり落ち、木の根にすがり、土を掻《か》き掻き、少しずつ少しずつかず枝のからだを林の奥へ引きずりあげた。何時間、そのような、虫の努力をつづけていたろう。

ああ、もういやだ。この女は、おれには重すぎる。いいひとだ（2）、おれの手にあまる。おれは、無力の人間だ。おれは一生、このひとのために、こんな苦労をしなければ、ならぬのか。いやだ、もういやだ。わかれよう。おれは、おれのちからで、尽せるところまで尽した。

そのとき、はっきり決心がついた。

この女は、だめだ。おれにだけ、無際限にたよっている。ひとから、なんと言われたっていい。おれは、この女（3）わかれる。

（3問正解＝5点、2問正解＝4点、1問正解＝3点）

答／　1は　2が　3と

【問題77】

夜明けが近くなって来た。空が白くなりはじめたのである。かず枝も、だんだんおとなしくなって来た。朝霧が、もやもや木立に充満している。

単純になろう。単純になろう。男らしさ、ということの言葉の単純性を笑う（1）。人間は、素朴に生きる（2）、他に、生きかたがないものだ。

かたわらに寝ているかず枝の髪の、杉の朽葉を、一つ一つたんねんに取ってやりながら、おれは、この女を愛している。どうしていいか、わからないほど愛している。そいつが、おれの苦悩のはじまりなんだ。けれども、もう、いい。おれは、愛しながら遠ざかり得る、何かしら強さを得た。生きて行くためには、愛をさえ犠牲にしなければならぬ。なんだ、あたりまえのことじゃないか。世間の人は、みんなそうして生きている。あたりまえに生きるのだ。生きてゆくには、それよりほかに仕方がない。おれは、天才でない。気ちがいじゃない。

ひるすこし過ぎまで、かず枝は、たっぷり眠った。そのあいだに、嘉七は、よろめきな（3）も自分の濡れた着物を脱いで、かわかし、また、かず枝の下駄を捜しまわったり、薬品の空箱を土に埋めたり、かず枝の着物の泥をハンケチで拭きとったり、その他たくさんの仕事をした。

（3問正解＝5点、2問正解＝4点、1問正解＝3点）

答／　1まい　2より　3がら

【問題78】

かず枝は、めをさまして、嘉七から昨夜のことをいろいろ聞かされ、

「とうさん、すみません。」と言って、ぴょこんと頭をさげた。嘉七は、笑った。

嘉七のほうは、もう歩けるようになっていたが、かず枝は、だめであった。しばらく、ふたりは坐ったまま、きょうこれからのことを相談し合った。お金は、まだ拾円ちかくのこっていた。嘉七は、ふたり一緒に東京へかえることを主張したが、かず枝は、着物もひどく汚れているし、とてもこのままでは汽車に乗れない、と言い、結局、かず枝は、また自動車で谷川温泉へかえり、おばさんに、よその温泉場で散歩して転ん（1）、着物を汚したとか、

なんとか下手《へた》な嘘を言って、嘉七が東京にさきにかえって着換えの着物とお金を持ってまた迎えに来る（2）、宿で静養している、ということに手筈《てはず》がきまった。嘉七の着物がかわいたので、嘉七はひとり杉林から脱けて、水上のまちに出て、せんべいとキャラメルと、サイダーを買い、また山に引きかえして来て、かず枝と一緒にたべた。かず枝は、サイダーを一口のんで吐いた。

暗くなるまで、ふたりでいた。かず枝が、やっとどうにか歩けるようになって、ふたりこっそり杉林を出た。かず枝を自動車に乗せて谷川にやって（3）、嘉七は、ひとりで汽車で東京に帰った。

答／　1で　2まで　3から

（3問正解＝4点、2問正解＝3点、1問正解＝2点）

【問題79】

あとは、かず枝の叔父に事情を打ち明けて一切をたのんだ。無口な叔父は、

「残念だなあ。」

といかにも、残念そうにしていた。

叔父がかず枝を連れてかえって、叔父の家に引きとり、

「かず枝のやつ、宿の娘みたい（1）、夜寝るときは、亭主とおかみの間に蒲団ひかせて、のんびり寝ていた。おかしなやつだね。」と言って、首をちぢめて笑った。他には、何も言わなかった。


この叔父は、いいひとだった。嘉七がはっきりかず枝とわかれて（2）も、嘉七と、なんのこだわりもなく酒をのんで遊びまわった。それで（3）、時おり、

「かず枝も、かあいそうだね。」

と思い出したようにふっと言い、嘉七は、その都度《つど》、心弱く、困った。

（3問正解＝4点、2問正解＝3点、1問正解＝2点）

答／　1に　2から　3も
◎あなたの日本語力を採点しよう！
90点以上　日本語博士レベル　80点以上　日本語上級レベル
70点以上　日本語中級レベル　70点未満　日本語初級レベル

第四章　漢字力を強化するトレーニング1

私たちは生涯にわたって日本語を使って文章を読み、文章を書くのであって、それゆえ漢字力は現代人にとって不可欠なスキルとなっている。

人生のどこかで徹底的に自分の漢字力を鍛え直したいものである。

ただ頭から漢字の練習帳に取り組むなど、無味乾燥なトレーニングは避けた方がいい。言葉は漢字を含めて、文章の中でつかみ取るべきなのだ。そうやって習得した生きた言葉でないと、実際には何の役にも立たないものである。

第一、面白くないではないか。

そこで、太宰の作品に触れながら、私たちが知的生活をする上で必要な漢字をピックアップして、文章の中で記憶していくことにしよう。

『富嶽百景』からの出題

水上温泉心中事件が一つの転機となり、その後、太宰の魂は次第に癒されていく。太宰はすべてを失ったのだ。その結果、逆に新しい人生を再出発させる気になった。

太宰を救ったのは、文学の師匠格である井伏鱒二。彼に誘われるままに、甲府の富士の麓にある御坂峠の天下茶屋にしばらく滞在することにした。

富士と向かいながら、自己の魂を救済させていく。そこから生まれた作品が『富嶽百景』である。

水上温泉心中事件までの狂乱時代の作品群を前期作品というのに対して、『富嶽百景』以後、『走れメロス』『お伽草紙《とぎぞうし》』『津軽』『右大臣実朝《うだいじんさねとも》』などの作品群を中期作品と呼ぶことがある。そして、戦後の『斜陽』『人間失格』などが後期作品。

中期作品群は非常に健康的で物語性に富む作品が多く、それまでの作品とは一見性質を異にしているからだ。

だが、時代は戦争へとまっしぐらに突入していった。

傍線を引いたカタカナ部分を漢字に直しなさい。

【問題80】

富士の頂角、広重《ひろしげ》の富士は八十五度、文晁《ぶんちょう》の富士も八十四度くらい、けれども、陸軍の実測図によって東西及南北に断面図を作ってみると、東西縦断は頂角、百二十四度となり、南北は百十七度である。広重、文晁に限らず、たいていの絵の富士は、鋭角である。いただきが、細く、高く、キャシャである。北斎にいたっては、その頂角、ほとんど三十度くらい、エッフェル鉄塔のような富士をさえ描いている。けれども、実際の富士は、鈍角も鈍角、のろくさと拡がり、東西、百二十四度、南北は百十七度、決して、秀抜の、すらと高い山ではない。たとえば私が、印度《インド》かどこかの国から、突然、鷲《わし》にさらわれ、すとんと日本の沼津あたりの海岸に落されて、ふと、この山を見つけても、そんなにキョウタンしないだろう。ニッポンのフジヤマを、あらかじめ憧《あこが》れているからこそ、ワンダフルなのであって、そうでなくて、そのような俗な宣伝を、一さい知らず、素朴な、純粋の、うつろな心に、果して、どれだけ訴え得るか、そのことになると、多少、心細い山である。低い。裾のひろがっている割に、低い。あれくらいの裾を持っている山ならば、少くとも、もう一・五倍、高く

なければいけない。（各3点）

答／　華奢　驚嘆

【問題81】

十国峠から見た富士だけは、高かった。あれは、よかった。はじめ、雲のために、いただきが見えず、私は、その裾のコウバイから判断して、たぶん、あそこあたりが、いただきであろうと、雲の一点にしるしをつけて、そのうちに、雲が切れて、見ると、ちがった。私が、あらかじめ印《しるし》をつけて置いたところより、その倍も高いところに、青い頂きが、すっと見えた。おどろいた、というよりも私は、へんにくすぐったく、げらげら笑った。やっていやがる、と思った。人は、完全のたのもしさに接すると、まず、だらしなくげらげら笑うものらしい。全身のネヂが、タアイなくゆるんで、之はおかしな言いかたであるが、帯紐《おびひも》といて笑うといったような感じである。諸君が、もし恋人と逢って、逢ったとたんに、恋人がげらげら笑い出したら、慶祝である。必ず、恋人の非礼をとがめてはならぬ。恋人は、君に逢って、君の完全のたのもしさを、全身に浴びているのだ。（各2点）

答／　勾配　他愛

【問題82】

東京の、アパートの窓から見る富士は、くるしい。冬には、はっきり、よく見える。小さい、真白い三角が、地平線にちょこんと出ていて、それが富士だ。なんのことはない、クリスマスの飾りガシである。しかも左のほうに、肩が傾いて心細く、船尾のほうからだんだん沈没しかけてゆく軍艦の姿に似ている。三年まえの冬、私は或る人から、意外の事実を打ち明けられ、途方に暮れた。その夜、アパートの一室で、ひとりで、がぶがぶ酒のんだ。一睡もせず、酒のんだ。あかつき、小用に立って、アパートの便所の金網張られた四角い窓から、富士が見えた。小さく、真白で、左のほうにちょっと傾いて、あの富士を忘れない。窓の下のアスファルト路を、さかなやの自転車がシックし、おう、けさは、やけに富士がはっきり見えるじゃねえか、めっぽう寒いや、など呟《つぶや》きのこして、私は、暗い便所の中に立ちつくし、窓の金網撫でながら、じめじめ泣いて、あんな思いは、二度と繰りかえしたくない。

答／　菓子　疾駆

（各2点）

解説

『富嶽百景』は様々な場所から眺めた富士の描写である。いや、むしろ富士の描写を通して、その時々の太宰の心情を表現しているといえるだろう。

東京のアパートから見る富士。初代から過ちを打ち明けられ、狼狽した。初代は男の許《もと》へと立ち去り、一人残された太宰は一晩中酒を飲んだ。

その時の富士は、苦しい。まるで沈没しかけの軍艦のように見えたという。このどん底の状態から、いかに魂を救い出すかが、『富嶽百景』のテーマである。

【問題83】

昭和十三年の初秋、思いをあらたにする覚悟で、私は、かばんひとつさげて旅に出た。

甲州。ここの山々の特徴は、山々の起伏の線の、へんに虚《むな》しい、なだらかさに在る。小島烏水という人の日本山水論にも、「山のスね者は多く、此土に仙遊するが如し。」と在った。甲州の山々は、あるいは山の、げてものなのかも知れない。私は、甲府市からバスにゆられて一時間。御坂峠《みさかとうげ》へたどりつく。

御坂峠、海抜千三百米《メエトル》。この峠の頂上に、天下茶屋という、小さい茶店があって、井伏鱒二氏が初夏のころから、ここの二階に、こもって仕事をして居られる。私は、それを知ってここへ来た。井伏氏のお仕事のジャマにならないようなら、隣室でも借りて、私も、しばらくそこで仙遊しようと思っていた。（各2点）

答／拗　邪魔

【問題84】

井伏氏は、仕事をして居られた。私は、井伏氏のゆるしを得て、当分その茶屋に落ちつくことになって、それから、毎日、いやでも富士と真正面から、向き合っていなければならなくなった。この峠は、甲府から東海道に出る鎌倉往還の衝《しょう》に当っていて、北面富士の代表観望台であると言われ、ここから見た富士は、むかしから富士三景の一つにかぞえられているのだそうであるが、私は、あまり好かなかった。好かないばかりか、ケイベツさえした。あまりに、おあつらいむきの富士である。まんなかに富士があって、その下に河口湖が白く寒々とひろがり、近景の山々がその両袖にひっそりウズクマって湖を抱きかかえるようにしている。私は、ひとめ見て、狼狽し、顔を赤らめた。これは、まるで、風呂屋のペンキ画だ。芝居の書割《かきわり》だ。どうにも註文どおりの景色で、私は、恥ずかしくてならなかった。（各2点）

答／軽蔑　蹲

解説

天下茶屋から眺める富士は、恥ずかしい。真正面から向き合う、いかにも富士であるといった感じで、まるで風呂屋のペンキ絵だという。

いかにも太宰らしい。そして、この描写は、太宰がまだ富士を真正面から、素直に受け入れることができない精神状態にあることを示しているのではないか。

【問題85】

私が、その峠の茶屋へ来て二、三日経って、井伏氏の仕事も一段落ついて、或る晴れた午後、私たちは三ツ峠へのぼった。三ツ峠、海抜千七百米。御坂峠より、少し高い。急坂を這《は》うようにしてよじ登り、一時間ほどにして三ツ峠頂上に達する。蔦《つた》かずら掻きわけて、細い山路、這うようにしてよじ登る私の姿は、決して見よいものではなかった。井伏氏は、ちゃんと登山服着て居られて、軽快の姿であったが、私には登山服の持ち合せがなく、ドテラ姿であった。茶屋のドテラは短く、私のケズネは、一尺以上も露出して、しかもそれに茶屋のロウヤから借りたゴム底の地下足袋をはいたので、われながらむさ苦しく、少し工夫して、角帯をしめ、茶屋の壁にかかっていた古い麦藁帽《むぎわらぼう》をかぶってみたのであるが、いよいよ変で、井伏氏は、人のなりふりを決して軽蔑しない人であるが、このときだけは流石《さすが》に少し、気の毒そうな顔をして、男は、しかし、身なりなんか気にしないほうがいい、と小声で呟いて私をいたわってくれたのを、私は忘れない。（各3点）

答／毛孺　老爺

解説

井伏氏のちょっとしたいたわりの言葉を受けて、「私は忘れない」と過剰な反応をしている。あまりにも感傷的になりすぎている。絶望のどん底にあるときは、こうしたささやかな親切でも身にしみるのかもしれない。

【問題86】

とかくして頂上についたのであるが、急に濃い霧が吹き流れて来て、頂上のパノラマ台という、断崖《だんがい》の縁《へり》に立ってみても、いっこうにチョウボウがきかない。何も見えない。井伏氏は、濃い霧の底、岩に腰をおろし、ゆっくり煙草を吸いながら、放屁なされた。いかにも、つまらなそうであった。パノラマ台には、茶店が三軒ならんで立っている。そのうちの一軒、老爺と老婆と二人きりで経営しているじみな一軒を選んで、そこで熱い茶を呑んだ。茶店の老婆は気の毒がり、ほんとうに生憎《あいにく》の霧で、もう少し経ったら霧もはれると思いますが、富士は、ほんのすぐそこに、くっきり見えます、と言い、茶店の奥から富士の大きい写真を持ち出し、崖の端に立ってその写真を両手で高く掲示して、ちょうどこの辺に、このとおりに、こんなに大きく、こんなにはっきり、このとおりに見えます、とケンメイに註釈するのである。私たちは、番茶をすすりながら、その富士を眺めて、笑った。いい富士を見た。霧の深いのを、残念にも思わなかった。（各2点）

答／　眺望　懸命

解説

真正面からの富士の姿を「恥ずかしい」と言い、写真の富士を「いい富士を見た」と言う。ここでも太宰独特の感性と、まだ傷の癒えていない精神状態を読み取ることができよう。

【問題87】

その翌々日であったろうか、井伏氏は、御坂峠を引きあげることになって、私も甲府までおともした。甲府で私は、或る娘さんと見合いすることになっていた。井伏氏に連れられて甲府のまちはずれの、その娘さんのお家へお伺いした。井伏氏は、ムゾウサな登山服姿である。私は、角帯に、夏羽織を着ていた。娘さんの家のお庭には、薔薇がたくさん植えられていた。母堂に迎えられて客間に通され、アイサツして、そのうちに娘さんも出て来て、私は、娘さんの顔を見なかった。井伏氏と母堂とは、おとな同士の、よもやまの話をして、ふと、井伏氏が、

「おや、富士。」と呟いて、私の背後の長押《なげし》を見あげた。私も、からだを捻《ね》じ曲げて、うしろの長押を見上げた。富士山頂大噴火口の鳥瞰《ちょうかん》写真が、額縁にいれられて、かけられていた。まっしろい睡蓮《すいれん》の花に似ていた。私は、それを見とどけ、また、ゆっくりからだを捻じ戻すとき、娘さんを、ちらと見た。きめた。多少の困難があっても、このひとと結婚したいものだと思った。あの富士は、ありがたかった。

井伏氏は、その日に帰京なされ、私は、ふたたび御坂にひきかえした。それから、九月、十月、十一月の十五日まで、御坂の茶屋の二階で、少しずつ、少しずつ、仕事をすすめ、あまり好かないこの「富士三景の一つ」と、へたばるほど対談した。(各2点)

答／　無造作　挨拶

解説

富士が結んだ縁だったのかもしれない。

当時都留《つる》高等女学校の教師をしていた石原美知子と、やがて結婚することになる。毎日富士と対峙していた太宰は、すでに人の親切を素直に受け入れることのできる精神状態に変わっていたのであろう。

明らかに狂乱時代の精神のありようとは異なっている。参考までに、『人間失格』ではこう述べられている。

「つまり自分には、人間の営みというものが未《いま》だに何もわかっていない、という事になりそうです。自分の幸福の観念と、世のすべての人たちの幸福の観念とが、まるで食いちがっているような不安、自分はその不安のために夜々、転輾《てんてん》し、呻吟《しんぎん》し、発狂しかけた事さえあります。自分は、いったい幸福なのでしょうか。自分は小さい時から、実にしばしば、仕合せ者だと人に言われて来ましたが、自分ではいつも地獄の思いで、かえって、自分を仕合せ者だと言ったひとたちのほうが、比較にも何もならぬくらいずっとずっと安楽なように自分には見えるのです。

自分には、禍《わざわ》いのかたまりが十個あって、その中の一個でも、隣人が背負《せお》ったら、その一個だけでも充分に隣人の生命取りになるのではあるまいかと、思った事さえありました。

つまり、わからないのです。隣人の苦しみの性質、程度が、まるで見当つかないのです。プラクテカルな苦しみ、ただ、めしを食えたらそれで解決できる苦しみ、しかし、それこそ最も強い痛苦で、自分の例の十個の禍いなど、吹っ飛んでしまう程の、凄惨《せいさん》な阿鼻《あび》地獄なのかも知れない、それは、わからない、しかし、それにしては、よく自殺もせず、発狂もせず、政党を論じ、絶望せず、屈せず生活のたたかいを続けて行ける、苦しくないんじゃないか？　エゴイストになりきって、しかもそれを当然の事と確信し、いちども自分を疑った事が無いんじゃないか？　それなら、楽だ、しかし、人間というものは、皆そんなもので、またそれで満点なのではないかしら、わからない、……夜はぐっすり眠り、朝は爽快《そうかい》なのかしら、どんな夢を見ているのだろう、道を歩きながら何を考えているのだろう、金？　まさか、それだけでも無いだろう、人間は、めしを食うために生きているのだ、という説は聞いた事があるような気がするけれども、金のために生きている、という言葉は、耳にした事が無い、いや、しかし、ことに依《よ》ると、……いや、それもわからない、……考えれば考えるほど、自分には、わからなくなり、自分ひとり全く変っているような、不安と恐怖に襲われるばかりなのです。自分は隣人と、ほとんど会話が出来ません。何を、どう言ったらいいのか、わからないのです。

そこで考え出したのは、道化でした。

それは、自分の、人間に対する最後の求愛でした。自分は、人間を極度に恐れていながら、それでいて、人間を、どうしても思い切れなかったらしいのです。そうして自分は、この道化の一線でわずかに人間につながる事が出来たのでした。おもてでは、絶えず笑顔をつくりながらも、内心は必死の、それこそ千番に一番の兼ね合いとでもいうべき危機一髪の、油汗流してのサーヴィスでした。」

引用が長くなったが、少なくても『富嶽百景』に見られる太宰の精神の有り様は、『人間失格』における道化の精神とは大きく異なっている。


【問題88】

新田という二十五歳のオンコウな青年が、峠を降りきった岳麓の吉田という細長い町の、郵便局につとめていて、そのひとが、郵便物に依って、私がここに来ていることを知った、と言って、峠の茶屋をたずねて来た。二階の私の部屋で、しばらく話をして、ようやく馴れて来たころ、新田は笑いながら、実は、もう二、三人、僕の仲間がありまして、皆で一緒にお邪魔にあがるつもりだったのですが、いざとなると、どうも皆、しりごみしまして、太宰さんは、ひどいデカダンで、それに、性格破産者だ、と佐藤春夫先生の小説に書いてございましたし、まさか、こんなまじめな、ちゃんとしたお方だとは、思いませんでしたから、僕も、無理に皆を連れて来るわけには、いきませんでした。こんどは、皆を連れて来ます。かまいませんでしょうか。

「それは、かまいませんけれど。」私は、苦笑していた。「それでは、君は、必死の勇をふるって、君の仲間を代表して僕をテイサツに来たわけですね。」

「決死隊でした。」新田は、率直だった。「ゆうべも、佐藤先生のあの小説を、もういちど繰りかえして読んで、いろいろ覚悟をきめて来ました。」

私は、部屋の硝子戸越しに、富士を見ていた。富士は、のっそり黙って立っていた。偉いなあ、と思った。

「いいねえ。富士は、やっぱり、いいとこあるねえ。よくやってるなあ。」富士には、かなわないと思った。念々と動く自分の愛憎が恥ずかしく、富士は、やっぱり偉い、と思った。よくやってる、と思った。

「よくやっていますか。」新田には、私の言葉がおかしかったらしく、聡明に笑っていた。

（各2点）

答／　温厚　偵察

【問題89】

新田は、それから、いろいろな青年を連れて来た。皆、静かなひとである。皆は、私を、先生、と呼んだ。私はまじめにそれを受けた。私にはホコるべき何もない。学問もない。才能もない。肉体よごれて、心もまずしい。けれども、苦悩だけは、その青年たちに、先生、と言われて、だまってそれを受けていいくらいの、苦悩は、経て来た。たったそれだけ。藁《わら》一すじのジフである。けれども、私は、このジフだけは、はっきり持っていたいと思っている。（各2点）

答／　誇　自負

【問題90】

吉田に一泊して、あくる日、御坂へ帰って来たら、茶店のおかみさんは、にやにや笑って、十五の娘さんは、つんとしていた。私は、不潔なことをして来たのではないということを、それとなく知らせたく、きのう一日の行動を、聞かれもしないのに、ひとりでこまかに言いたてた。泊った宿屋の名前、吉田のお酒の味、月夜富士、財布を落したこと、みんな言った。娘さんも、キゲンが直った。

「お客さん！　起きて見よ！」かん高い声で或る朝、茶店の外で、娘さんが絶叫したので、私は、しぶしぶ起きて、廊下へ出て見た。

娘さんは、コウフンして頬をまっかにしていた。だまって空を指さした。見ると、雪。はっと思った。富士に雪が降ったのだ。山頂が、まっしろに、光りかがやいていた。御坂の富士も、ばかにできないぞと思った。

「いいね。」

とほめてやると、娘さんは得意そうに、

「すばらしいでしょう？」といい言葉使って、「御坂の富士は、これでも、だめ？」としゃがんで言った。私が、かねがね、こんな富士は俗でだめだ、と教えていたので、娘さんは、内心しょげていたのかも知れない。

「やはり、富士は、雪が降らなければ、だめなものだ。」もっともらしい顔をして、私は、そう教えなおした。（各2点）

【問題91】

河口局から郵便物を受け取り、またバスにゆられて峠の茶屋に引返す途中、私のすぐとなりに、濃い茶色の被布《ひふ》を着た青白いタンセイの顔の、六十歳くらい、私の母とよく似た老婆がしゃんと坐っていて、女車掌が、思い出したように、みなさん、きょうは富士がよく見えますね、と説明ともつかず、また自分ひとりの詠嘆《えいたん》ともつかぬ言葉を、突然言い出して、リュックサックしょった若いサラリイマンや、大きい日本髪ゆって、口もとを大事にハンケチでおおいかくし、絹物まとった芸者風の女など、からだをねじ曲げ、一せいに車窓から首を出して、いまさらのごとく、そのヘンテツもない三角の山を眺めては、やあ、とか、まあ、とか間抜けた嘆声を発して、車内はひとしきり、ざわめいた。けれども、私のとなりの御隠居は、胸に深い憂悶《ゆうもん》でもあるのか、他の遊覧客とちがって、富士には一瞥《いちべつ》も与えず、かえって富士と反対側の、山路に沿った断崖をじっと見つめて、私にはその様が、からだがしびれるほど快く感ぜられ、私もまた、富士なんか、あんな俗な山、見度《みた》くもないという、高尚な虚無の心を、その老婆に見せてやりたく思って、あなたのお苦しみ、わびしさ、みなよくわ

答／機嫌　興奮

かる、と頼まれもせぬのに、共鳴の素振りを見せてあげたく、老婆に甘えかかるように、そっとすり寄って、老婆とおなじ姿勢で、ぼんやり崖の方を、眺めてやった。

老婆も何かしら、私に安心していたところがあったのだろう、ぼんやりひとこと、

「おや、月見草。」

そう言って、細い指でもって、路傍の一箇所をゆびさした。さっと、バスは過ぎてゆき、私の目には、いま、ちらとひとめ見た黄金色の月見草の花ひとつ、花弁もあざやかに消えず残った。

三七七八米の富士の山と、立派に相対峙《あいたいじ》し、みじんもゆるがず、なんと言うのか、金剛力草とでも言いたいくらい、けなげにすっくと立っていたあの月見草は、よかった。富士には、月見草がよく似合う。（各2点）

答／端正　変哲

解説

「富士には、月見草がよく似合う」

『富嶽百景』の中で、非常に有名な言葉である。この言葉だけを取り出してみても、おそらくなぜこれが名文句なのか、合点がいかないだろう。

自分ほど苦悩した人間はいない、こういった太宰の心情に寄り添ってみたとき、あの富士を正面にして、小さいながらも精一杯対峙している月見草のけなげさが感じられるのではないか。

そして、太宰もどれほど苦しくても生きていこうと、自分の思いを月見草に託しているのであろう。

【問題92】

十月のなかば過ぎても、私の仕事は遅々として進まぬ。人が恋しい。夕焼け赤き雁《がん》の腹《はら》雲《ぐも》、二階の廊下で、ひとり煙草を吸いながら、わざと富士には目もくれず、それこそ血の滴《したた》るような真赤な山の紅葉を、ギョウシしていた。茶店のまえの落葉を掃《は》きあつめている茶店のおかみさんに、声をかけた。

「おばさん！　あしたは、天気がいいね。」

自分でも、びっくりするほど、うわずって、歓声にも似た声であった。おばさんは箒《ほうき》の手をやすめ、顔をあげて、不審げに眉をひそめ、

「あした、何かおありなさるの？」

そう聞かれて、私は窮した。

「なにもない。」

おかみさんは笑い出した。

「おさびしいのでしょう。山へでもおのぼりになったら？」

「山は、のぼっても、すぐまた降りなければいけないのだから、つまらない。どの山へのぼっても、おなじ富士山が見えるだけで、それを思うと、気が重くなります。」

私の言葉が変だったのだろう。おばさんはただアイマイにうなずいただけで、また枯葉を掃いた。（各3点）

答／凝視　曖昧

【問題93】

ねるまえに、部屋のカーテンをそっとあけて硝子窓越しに富士を見る。月の在る夜は富士が青白く、水の精みたいな姿で立っている。私は溜息をつく。ああ、富士が見える。星が大きい。あしたは、お天気だな、とそれだけが、幽《かす》かに生きている喜びで、そうしてまた、そっとカーテンをしめて、そのまま寝るのであるが、あした、天気だからとて、別段この身には、なんということもないのに、と思えば、おかしく、ひとりで蒲団の中で苦笑するのだ。くるしいのである。仕事が、――純粋に運筆することの、その苦しさよりも、いや、運筆はかえって私の楽しみでさえあるのだが、そのことではなく、私の世界観、芸術というもの、あすの文学というもの、謂《い》わば、新しさというもの、私はそれらに就いて、未《ま》だグズグズ、思い悩み、誇張ではなしに、ミモダえしていた。

素朴な、自然のもの、従って簡潔な鮮明なもの、そいつをさっと一挙動で摑まえて、そのままに紙にうつしとること、それより他には無いと思い、そう思うときには、眼前の富士の姿も、別な意味をもって目にうつる。この姿は、この表現は、結局、私の考えている「単一表現」の美しさなのかも知れない、と少し富士に妥協しかけて、けれどもやはりどこかこの富士の、あまりにも棒状の素朴には閉口して居るところもあり、これがいいなら、ほていさまの置物だっていい筈だ、ほていさまの置物は、どうにも我慢できない、あんなもの、とても、いい表現とは思えない、この富士の姿も、やはりどこか間違っている、これは違う、と再び思いまどうのである。（各3点）

答／　愚図愚図　身悶

【問題94】

そのころ、私の結婚の話も、一トンザのかたちであった。私のふるさとからは、全然、助力が来ないということが、はっきり判ってきたので、私は困って了った。せめて百円くらいは、助力してもらえるだろうと、虫のいい、ひとりぎめをして、それでもって、ささやかでも、厳粛な結婚式を挙げ、あとの、世帯を持つに当っての費用は、私の仕事でかせいで、しようと思っていた。けれども、二、三の手紙の往復に依り、うちから助力は、全く無いということが明らかになって、私は、途方にくれていたのである。このうえは、縁談ことわられても仕方が無い、と覚悟をきめ、とにかく先方へ、事の次第を洗いざらい言って見よう、と私は単身、峠を下り、甲府の娘さんのお家へお伺いした。さいわい娘さんも、家にいた。私は客間に通され、娘さんと母堂と二人を前にして、悉皆《しっかい》の事情を告白した。ときどき演説口調になって、閉口した。けれども、割に素直に語りつくしたように思われた。娘さんは、落ちついて、

「それで、おうちでは、反対なのでございましょうか。」と、首をかしげて私にたずねた。

「いいえ、反対というのではなく、」私は右の手のひらを、そっと卓の上に押し当て、「おまえひとりで、やれ、という工合いらしく思われます。」

「結構でございます。」母堂は、品よく笑いながら、「私たちも、ごらんのとおりお金持ではございませぬし、ことごとしい式などは、かえって当惑するようなもので、ただ、あなたおひとり、愛情と、職業に対する熱意さえ、お持ちならば、それで私たち、結構でございます。」

私は、お辞儀するのも忘れて、しばらくボウゼンと庭を眺めていた。眼の熱いのを意識した。この母に、孝行しようと思った。（各3点）

答／　頓挫　呆然

【問題95】


かえりに、娘さんは、バスの発着所まで送って来て呉《く》れた。歩きながら、

「どうです。もう少し交際してみますか？」

きざなことを言ったものである。

「いいえ。もう、たくさん。」娘さんは、笑っていた。

「なにか、質問ありませんか？」いよいよ、ばかである。

「ございます。」

私は何を聞かれても、ありのまま答えようと思っていた。

「富士山には、もう雪が降ったでしょうか。」

私は、その質問にヒョウシ抜けがした。

「降りました。いただきのほうに、――」と言いかけて、ふと前方を見ると、富士が見える。へんな気がした。

「なあんだ。甲府からでも、富士が見えるじゃないか。ばかにしていやがる。」やくざな口調になってしまって、「いまのは、愚問です。ばかにしていやがる。」

娘さんは、うつむいて、くすくす笑って、

「だって、御坂峠にいらっしゃるのですし、富士のことでもお聞きしなければ、わるいと思って。」

おかしな娘さんだと思った。

甲府から帰って来ると、やはり、呼吸ができないくらいにひどく肩が凝《こ》っているのを覚えた。

「いいねえ、おばさん。やっぱし御坂は、いいよ。自分のうちに帰って来たような気さえするのだ。」

夕食後、おかみさんと、娘さんと、交る交る、私の肩をたたいてくれる。おかみさんの拳《こぶし》は固く、鋭い。娘さんのこぶしは柔かく、あまり効きめがない。もっと強く、もっと強くと私に言われて、娘さんはマキを持ち出し、それでもって私の肩をとんとん叩いた。それ程にしてもらわなければ、肩の凝りがとれないほど、私は甲府で緊張し、一心に努めたのである。（各3点）

答／拍子　薪

解説

昭和十三年（一九三八）十一月六日、太宰は井伏鱒二の世話で、石原美知子と正式に婚約する。

太宰は井伏鱒二宛に次のように書いて送った。

井伏様　御一家様へ。手記。

このたび石原氏と結婚するに当たり、一礼申し上げます。私は、私自身を、家庭的の男と思っています。よい意味でも、悪い意味でも、私は放浪に堪えられません。誇っているのでは、ございませぬ。ただ、私の迂愚《うぐ》な、交際下手の性格が、宿命として、それを決定して居るように思います。小山初代との破婚は、私としても平気で行ったことではございませぬ。私は、あのときの苦しみ以来、多少、人生というものを知りました。結婚というものの本義を知りました。結婚は、家庭は、努力であると思います。厳粛な、努力であると信じます。浮いた気持ちは、ございません。貧しくても、一生大事に努めます。ふたたび私が、破婚を繰りかえしたときには、私を、完全の狂人として、棄ててください。以上は、平凡の言葉でございますが、私が、こののち、どんな人の前でも、はっきり云えることでございますし、また、神様のまえでも、少しの含羞《がんしゅう》もなしに誓言できます。何卒、御信頼下さい。

昭和十三年十月二十四日

津島修治（印）

【問題96】

甲府へ行って来て、二、三日、流石に私はぼんやりして、仕事する気も起らず、机のまえに坐って、とりとめのない楽書をしながら、バットを七箱も八箱も吸い、また寝ころんで、コンゴウセキも磨かずば、という唱歌を、繰り返し繰り返し歌ってみたりしているばかりで、小説は、一枚も書きすすめることができなかった。

「お客さん。甲府へ行ったら、わるくなったわね。」

朝、私が机に頬杖つき、目をつぶって、さまざまのことを考えていたら、私の背後で、床の間ふきながら、十五の娘さんは、しんからいまいましそうに、多少、とげとげしい口調で、そう言った。私は、振りむきもせず、

「そうかね。わるくなったかね。」

娘さんは、拭き掃除の手を休めず、

「ああ、わるくなった。この二、三日、ちっとも勉強すすまないじゃないの。あたしは毎朝、お客さんの書き散らした原稿用紙、番号順にそろえるのが、とっても、たのしい。たくさんお書きになって居れば、うれしい。ゆうべもあたし、二階へそっと様子を見に来たの、知ってる？　お客さん、ふとん頭からかぶって、寝てたじゃないか。」

私は、ありがたい事だと思った。オオゲサな言いかたをすれば、これは人間の生き抜く努力に対しての、純粋な声援である。なんの報酬も考えていない。私は、娘さんを、美しいと思った。（各3点）

答／　金剛石　大袈裟

【問題97】

いつか花嫁姿のお客が、紋附《もんつき》を着た爺さんふたりに附き添われて、自動車に乗ってやって来て、この峠の茶屋でひと休みしたことがある。そのときも、娘さんひとりしか茶店にいなかった。私は、やはり二階から降りていって、隅の椅子に腰をおろし、煙草をふかした。花嫁は裾模様の長い着物を着て、キンランの帯を背負い、角隠《つのかく》しつけて、堂々正式の礼装であった。全く異様のお客様だったので、娘さんもどうあしらいしていいのかわからず、花嫁さんと、二人の老人にお茶をついでやっただけで、私の背後にひっそり隠れるように立ったまま、だまって花嫁のさまを見ていた。一生にいちどの晴の日に、——峠の向う側から、反対側の船津か、吉田のまちへ嫁入りするのであろうが、その途中、この峠の頂上で一休みして、富士を眺めるということは、はたで見ていても、くすぐったい程、ロマンチックで、そのうちに花嫁は、そっと茶店から出て、茶店のまえの崖のふちに立ち、ゆっくり富士を眺めた。脚をX形に組んで立っていて、大胆なポオズであった。余裕のあるひとだな、となおも花嫁を、富士と花嫁を、私は観賞していたのであるが、間もなく花嫁は、富士に向って、大きな欠伸《あくび》をした。

「あら！」

と背後で、小さい叫びを挙げた。娘さんも、素早くその欠伸を見つけたらしいのである。やがて花嫁の一行は、待たせて置いた自動車に乗り、峠を降りていったが、あとで花嫁さんは、さんざんだった。

「馴れていやがる。あいつは、きっと二度目、いや、三度目くらいだよ。おむこさんが、峠の下で待っているだろうに、自動車から降りて、富士を眺めるなんて、はじめてのお嫁だったら、そんな太いこと、できるわけがない。」

「欠伸したのよ。」娘さんも、力こめて賛意を表した。「あんな大きい口あけて欠伸して、図々しいのね。お客さん、あんなお嫁さんもらっちゃ、いけない。」

私はトシガイもなく、顔を赤くした。私の結婚の話も、だんだん好転していって、或る先輩に、すべてお世話になってしまった。結婚式も、ほんの身内の二、三のひとにだけ立ち会ってもらって、まずしくとも厳粛に、その先輩の宅で、していただけるようになって、私は人の情に、少年の如く感奮していた。（各3点）

答／　金襴　年甲斐

【問題98】

十一月にはいると、もはや御坂の寒気、堪えがたくなった。茶店では、ストオヴを備えた。

「お客さん、二階はお寒いでしょう。お仕事のときは、ストオヴの傍でなさったら。」と、おかみさんは言うのであるが、私は、人の見ているまえでは、仕事のできないたちなので、それは断った。おかみさんは心配して、峠の麓の吉田へ行き、コタツをひとつ買って来た。私は二階の部屋でそれにもぐって、この茶店の人たちの親切には、しんからお礼を言いたく思って、けれども、もはやその全容の三分の二ほど、雪をかぶった富士の姿を眺め、また近くの山々の、蕭条《しょうじょう》たる冬木立に接しては、これ以上、この峠で、皮膚を刺す寒気にシンボウしていることも無意味に思われ、山を下ることに決意した。山を下る、その前日、私は、どてらを二枚かさねて着て、茶店の椅子に腰かけて、熱い番茶を啜《すす》っていたら、冬の外套着た、タイピストでもあろうか、若い知的の娘さんがふたり、トンネルの方から、何かきゃっきゃっ笑いながら歩いて来て、ふと眼前に真白い富士を見つけ、打たれたように立ち止り、それから、ひそひそ相談の様子で、そのうちのひとり、眼鏡かけた、色の白い子が、にこにこ笑いながら、私のほうへやって来た。

「相すみません。シャッタア切って下さいな。」（各3点）

答／　炬燵　辛抱

【問題99】

私は、へどもどした。私は機械のことには、あまり明るくないのだし、写真の趣味は皆無であり、しかも、どてらを二枚もかさねて着ていて、茶店の人たちさえ、山賊みたいだ、といって笑っているような、そんなむさくるしい姿でもあり、多分は東京の、そんな華やかな娘さんから、はいからの用事を頼まれて、内心ひどく狼狽したのである。けれども、また思い直し、こんな姿はしていても、やはり、見る人が見れば、どこかしら、きゃしゃなオモカゲもあり、写真のシャッタアくらい器用に手さばき出来るほどの男に見えるのかも知れない、などと少し浮き浮きした気持も手伝い、私は平静を装い、娘さんの差し出すカメラを受け取り、何気なさそうな口調で、シャッタアの切りかたを鳥渡《ちよつと》たずねてみてから、わななきわななき、レンズをのぞいた。まんなかに大きい富士、その下に小さい、罌粟《けし》の花ふたつ。ふたり揃いの赤い外套を着ているのである。ふたりは、ひしと抱き合うように寄り添い、屹《き》っとまじめな顔になった。私は、おかしくてならない。カメラ持つ手がふるえて、どうにもならぬ。笑いをこらえて、レンズをのぞけば、罌粟の花、いよいよ澄まして、固くなっている。どうにも狙いがつけにくく、私は、ふたりの姿をレンズから追放して、ただ富士山だけを、レンズ一ぱいにキャッチして、富士山、さようなら、お世話になりました。パチリ。

「はい、うつりました。」

「ありがとう。」

ふたり声をそろえてお礼を言う。うちへ帰って現像してみた時には驚くだろう。富士山だけが大きく写っていて、ふたりの姿はどこにも見えない。

その翌る日に、山を下りた。まず、甲府の安宿に一泊して、そのあくる朝、安宿の廊下の汚い欄干によりかかり、富士を見ると、甲府の富士は、山々のうしろから、三分の一ほど顔を出している。ホオズキに似ていた。（各3点）

答／俤　酸漿

解説

太宰は結婚し、子どももできた。戦時中、身を挺して家族を守らなければならないといった緊張状態の中、太宰は井伏鱒二に誓ったとおり、いい亭主であり、いい父親であろうとした。

太宰は決して弱いと断言できない。なぜなら、この軍国主義時代、ほとんどの大家が軍部に協力したり、沈黙を守る中、太宰は憲兵に睨まれながらも、旺盛な創作意欲を燃やしたのである。

『姥捨』『富嶽百景』『女生徒』『走れメロス』『女の決闘』『東京八景』『新ハムレット』『正義と微笑』『右大臣実朝』『津軽』『惜別』『お伽草紙』と、非常に健康的な作品を次々と発表していった。

「昭和十七年、昭和十八年、昭和十九年、昭和二十年、いやもう私たちにとっては、ひどい時代であった。私は三度も点呼を受けさせられ、そのたんびに竹槍《たけやり》突撃の猛訓練などがあり、暁天動員だの何だの、そのひまひまに小説を書いて発表すると、それが情報局に、にらまれているとかいうデマが飛んで、昭和十八年に『右大臣実朝』という三百枚の小説を発表したら、『右大臣実朝《ユダヤジン》』というふざけ切った読み方をして、太宰は実朝をユダヤ人として取り扱っている、などと何が何やら、ただ意地悪く私を非国民あつかいにして弾劾しようとしている愚劣な『忠臣』もあった。私の或る四十枚の小説は発表直後、はじめから終りまで全文削除を命じられた。また或る二百枚以上の新作の小説は出版不許可になった事もあった。しかし、私は小説を書く事は、やめなかった。もうこうなったら、最後までねばって小説を書いて行かなければ、ウソだと思った。それはもう理窟《りくつ》ではなかった。百姓の糞意地《くそいじ》である。しかし、私は何もここで、誰かのように、『余はもともと戦争を欲せざりき。余は日本軍閥の敵なりき。余は自由主義者なり』などと、戦争がすんだら急に、東条の悪口を言い、戦争責任云々と騒ぎまわるような新型の便乗主義を発揮するつもりはない。いまではもう、社会主義さえ、サロン思想に堕落している。私はこの時流にもまたついて行けない。」

『十五年間』

◎あなたの日本語力を採点しよう！

90点以上　日本語博士レベル
70点以上　日本語上級レベル
50点以上　日本語中級レベル
50点未満　日本語初級レベル

第五章　漢字力を強化するトレーニング2

パソコンで文章を書くことが一般化した今、ある意味では「書き取り力」以上に、「読み取り力」が日常において重要になってきている。

書き取りはワープロが自動変換してくれるが、読み取りができなければ、そもそも辞書を引くこともままならない。また、おかしな読み方をして、大勢の前で恥をかくことにもなりかねないだろう。

文章の読みで危険なのは、黙読する際、いつの間にか間違った読み方をしてしまい、しかもそのことに気がつかないことである。間違った読み方が身についたまま、なかなか修正ができないでいる人が多いのだ。

そこで、この章では太宰の作品を利用して、あなたの漢字の「読み取り力」をチェックしていこう。

『女の決闘』からの出題

いよいよ太宰治最大の謎に挑戦していこうと思う。

戦時中、太宰は懸命に家庭を守り、それと同時に旺盛な創作意欲を燃やしてきたはずだった。まさに富士に対峙《たいじ》する月見草のごとく、精一杯生きてきた。

それは戦争という強度な緊張状態だったから、かえって可能だったのかもしれない。戦争が終わり、日本が平和を取り戻したとき、太宰はかつての狂乱時代以上に、退廃的な生活に戻っていったのだ。

太田静子《おおたしずこ》と愛人関係になった。そして、最期には山崎富栄《とみえ》と玉川上水に入水《じゅすい》する。あの戦時中の健康的な明るさはいったい何だったのか、そのなぜを解く鍵が、中期の『女の決闘』にあるように思える。

さて、その『女の決闘』であるが、実に不思議な作品である。もともとはヘルベルトという作家の短編であるが、それを森鷗外が翻訳した。

太宰はその鷗外訳を読んで、書かれなかった行間を自分の文章で埋めていくのである。その結果、鷗外訳の『女の決闘』は、見事に太宰の作品へと変貌を遂げるのである。

その仕掛け一つをとってみても、太宰治の才能が最もあふれた小説の一つだと思うが、どうであろうか？

傍線部の漢字の読み方を、ひらがなで書きなさい。

【問題100】

古来例の無い、非常な、この出来事には、左の通りの短い行掛りがある。

ロシヤの医科大学の女学生が、或晩《あるばん》の事、何の学科やらの、高尚な講義を聞いて、下宿へ帰って見ると、卓の上にこんな手紙があった。宛名《あてな》も何も書いて無い。「あなたの御関係なすってお出でになる男の事を、或る偶然の機会で承知しました。その手続はどうでも好いことだから、申しません。わたくしはその男の妻だと、只今まで思っていた女です。わたくしはあなたの人柄を推察して、こう思います。あなたは決して自分のなすった事の成行《なりゆき》がどうなろうと、その成行のために、前になすった事の責《せめ》を負わない方ではありますまい。又あなたは御自分に対して侮辱を加えた事の無い第三者を侮辱して置きながら、その責を逃れようとなさる方でも決してありますまい。わたくしはあなたが、たびたび拳銃で射撃をなさる事を承っています。わたくしはこれまで武器と云うものを手にした事がありませんから、あなたのお腕前がどれだけあろうとも、拳銃射撃は、わたくしよりあなたの方がお上手だと信じます。

だから、わたくしはあなたに要求します。それは明日午前十時に、下に書き記してある停車場へ拳銃御持参で、お出で下されたいと申す事です。この要求を致しますのに、わたくしの方で対等以上の利益を有しているとは申されません。わたくしも立会人を連れて参りませんから、あなたもお連れにならないように希望いたします。序でながら申しますが、この事件に就《つ》いて、前以《もっ》て問題の男に打明ける必要は無いと信じます。その男にはわたくしが好い加減な事を申して、今明日の間、遠方に参っていさせるように致しました。」

この文句の次に、出会う筈《はず》の場所が明細に書いてある。名前はコンスタンチェとして、その下に書いた苗字を読める位に消してある。（各2点）

答／　いきがか　つい

解説

見事な書き出しである。女学生が下宿に帰ると、突然決闘状が舞い込んでいた。それは男の妻からのものだった。

女学生は拳銃の扱いに慣れている。それに対して、男の妻は拳銃を握ったことがない。
それなのに、男には内緒で決闘をしようとしているのだ。

【問題101】

この手紙を書いた女は、手紙を出してしまうと、直ぐに町へ行って、銃を売る店を尋ねた。そして笑談《じょうだん》のように、軽い、好い拳銃を買いたいと云った。それから段々話し込んで、嘘に尾鰭を付けて、賭《かけ》をしているのだから、拳銃の打方を教えてくれと頼んだ。そして店の主人と一しょに、裏の陰気な中庭へ出た。そのとき女は、背後から拳銃を持って付いて来る主人と同じように、笑談らしく笑っているように努力した。
中庭の側には活版所がある。それで中庭に籠《こも》っている空気は鉛の匂いがする。この辺の家の窓は、ごみで茶色に染まっていて、その奥には人影が見えぬのに、女の心では、どこの硝《ガ》子《ス》の背後にも、物珍らしげに、好い気味だと云うような顔をして、覗《のぞ》いている人があるように感ぜられた。ふと気が付いて見れば、中庭の奥が、古木の立っている園に続いていて、そこに大きく開いた黒目のような、的《まと》が立ててある。それを見たとき女の顔は火のように赤くなったり、灰のように白くなったりした。店の主人は子供に物を言って聞かせるように、引金や、弾丸を込める所や、筒や、照尺をいちいち見せて、射撃の為方《しかた》を教えた。弾丸を込める所は、一度射撃するたびに、おもちゃのように、くるりと廻るのである。それから女に拳銃を渡して、始めての射撃をさせた。

女は主人に教えられた通りに、引金を引こうとしたが、動かない。一本の指で引けと教えられたのに、内内二本の指を掛けて、力一ぱいに引いて見た。そのとき耳が、がんと云った。弾丸は三歩ほど前の地面に中《あた》って、弾《はじ》かれて、今度は一つの窓に中った。窓が、がらがらと鳴って壊れたが、その音は女の耳には聞えなかった。どこか屋根の上に隠れて止まっていた一群の鳩が、驚いて飛び立って、唯さえ暗い中庭を、一刹那の間、一層暗くした。（各2点）

答／　おひれ　せつな

【問題102】

ここらで私たちも一休みしましょう。どうです。少しでも小説を読み馴《な》れている人ならば、すでに、ここまで読んだだけでこの小説の描写の、どこかしら異様なものに、気づいたことと思います。一口で言えば、「冷淡さ」であります。失敬なくらいの、「そっけなさ」であります。何に対して失敬なのであるか、と言えば、それは、「目前の事実」に対してであります。目前の事実に対して、あまりにも的確の描写は、読むものにとっては、かえって、いやなものであります。殺人、あるいはもっとけがらわしい犯罪が起り、其の現場の見取図が新聞に出ることがありますけれど、奥の六畳間のまんなかに、その殺された婦人の形が、てるてる坊主の姿で小さく描かれて在ることがあります。ご存じでしょう？　あれは、実にいやなものであります。やめてもらいたい、と言いたくなるほどであります。あのような赤裸々が、この小説の描写の、どこかに感じられませんか。この小説の描写は、はッと思うくらいに的確であります。私の貧しい作家の勘で以てすれば、この活版所は、たしかに、たしかに、そこに在ったのです。中庭の側には活版所があるのです。この原作者の空想でもなんでもないのです。そうして、たしかに、その辺の家の窓は、ごみで茶色に染まっているのであります。抜きさしならぬ現実であります。そうして一群の鳩が、驚いて飛び立って、唯さえ暗い中庭を、一刹那の間、一層暗くしたというのも、まさに、そのとおりで、原作者は、女のうしろに立ってちゃんと見ていたのであります。なんだか、薄気味悪いことになりました。その小説の描写が、怪《け》しからぬくらいに直截である場合、人は感服《かんぷく》と共に、一種不快な疑惑を抱くものであります。うま過ぎる。淫《いん》する。神を冒《おか》す。いろいろの言葉があります。描写に対する疑惑は、やがて、その的確すぎる描写を為した作者の人柄に対する疑惑に移行いたします。そろそろ、この辺から私（DAZAI）の小説になりかけて居りますから、読者も用心していて下さい。（各2点）

答／　せきらら　ちょくせつ

解説

森鷗外の翻訳小説を太宰治が読む。そして、自分の読みを巧みに入れ込むことによって、徐々に太宰治の小説へと変えていく。なぜこのような仕掛けをしたのか？　太宰は読者に二重三重の罠を仕掛けるのである。

【問題103】

私は、この「女の決闘」という、ほんの十頁ばかりの小品をここまで読み、その、生きてびくびく動いているほどの生臭い、抜きさしならぬ描写に接し、大いに驚くと共に、なんだか我慢できぬ不愉快さを覚えた。描写に対する不愉快さは、やがて、直接に、その原作者に対する不愉快となった。この小品の原作者は、この作品を書く時、特別に悪い心境に在ったのでは無いかと、頗る失礼な疑惑をさえ感じたのであります。悪い心境ということについては二つの仮説を設けることが出来ます。一つは原作者がこの小説を書くとき、たいへん疲れて居られたのではないかという臆測《おくそく》であります。人間は肉体の疲れたときには、人生に対して、また現実生活に対して、非常に不機嫌に、ぶあいそになるものであります。この「女の決闘」という小説の書き出しはどんなであったでしょうか。私はここでそれを繰返すことは致しませんが、前回の分をお読みになった読者はすぐに思い出すことが出来るだろうと思います。いわば、ぶんなぐる口調で書いてあります。ふところ手をして、おめえに知らせてあげようか、とでもいうようなたいへん思いあがった書き出しでありました。だいいち、この事件の起ったとき、すなわち年号、（外国の作家はどんなささやかな事件を叙述するにあたっても必ず年号をいれる傾向があるように思われます。）それから、場所、それについても何も語っていなかったではありませんか。「ロシヤの医科大学の女学生が、或晩の事、何の学科やらの、」というような頗る不親切な記述があったばかりで、他はどの頁をひっくり返してみても、地理的なことはなんにも書かれてありません。実にぶっきらぼうな態度であります。作者が肉体的に疲労しているときの描写は必ず人を叱りつけるような、場合によっては、怒鳴《どな》りつけるような趣きを呈するものでありますが、それと同時に実に辛辣の形相をも、ふいと表白《ひょうはく》してしまうものであります。（各2点）

【問題104】

人間の本性というものは或いはもともと冷酷無残のものなのかも知れません。肉体が疲れて意志を失ってしまったときには、鎧袖一触《がいしゅういっしょく》、修辞も何もぬきにして、袈裟《けさ》がけに人を抜打ちにしてしまう場合が多いように思われます。悲しいことですね。この「女の決闘」という小品の描写に、時々はッと思うほどの、憎々しいくらいの容赦なき箇所の在ることは、慧眼の読者は、既にお気づきのことと思います。作者は疲れて、人生に対して、また現実のつつましい営みに対して、たしかに乱暴の感情表示をなして居るという事は、あながち私の過言でもないと思います。

もう一つ、これは甚だロマンチックの仮説でありますけれども、この小説の描写に於いて見受けられる作者の異常な憎悪感は、（的確とは、憎悪の一変形でありますから、）直接に、この作中の女主人公に対する抜きさしならぬ感情から出発しているのではないか。すなわち、この小説は、徹底的に事実そのままの資料に拠《よ》ったもので、しかも原作者はその事実発生したスキャンダルに決して他人ではなかった、という興味ある仮説を引き出すことが出来るの

答／　すこぶ　しんらつ

であります。更に明確にぶちまけるならば、この小品の原作者 HERBERT EULENBERG さん御自身こそ、作中の女房コンスタンチェさんの御亭主であったという恐るべき秘密の匂いを嗅《か》ぎ出すことが出来るのであります。すれば、この作品の描写に於ける、（殊にもその女主人公のわななきの有様を描写するに当っての、）冷酷きわまる、それゆえにまざまざ的確の、作者の厭な眼の説明が残りなく出来ると私は思います。

もとよりこれは嘘であります。ヘルベルト・オイレンベルグさんは、そんな愚かしい家庭のトラブルなど惹《ひ》き起したお方では無いのであります。この小品の不思議なほどに的確な描写の拠って来るところは、恐らくは第一の仮説に尽くされてあるのではないかと思います。それは間違いないのでありますが、けれども、ことさらに第二の嘘の仮説を設けたわけは、私は今のこの場合、しかつめらしい名作鑑賞を行おうとしているのではなく、ヘルベルトさんには失礼ながら眼をつぶって貰って、この「女の決闘」という小品を土台にして私が、全く別な物語を試みようとしているからであります。ヘルベルトさんには全く失礼な態度であるということは判っていながら、つまり「尊敬しているからこそ甘えて失礼もするのだ。」という昔から世に行われているあのくすぐったい作法のゆえに、許していただきたいと思うのであります。（各2点）

答／　けいがん　こと

解説

さて、話は思わぬ方向へと展開し始めた。太宰は「全く別な物語を試みよう」というのである。

作者ヘルベルトは自分が実際見たままを描写したのではないかといった推論から、この主人公の男は作者自身だと仮説を立てる。その結果、男は中年の小説家ということになる。さらにいうならば、主人公の小説家はもしかすると太宰自身ではないのか（これは私の推論だが）。

その小説家には女学生の愛人がいる。そして、自分の妻が突然愛人に決闘を申し込んだのだ。

【問題105】

『翌朝約束の停車場で、汽車から出て来たのは、二人の女の外には、百姓二人だけであった。停車場は寂しく、平地に立てられている。定木《じょうぎ》で引いた線のような軌道がずっと遠くまで光って走っていて、その先の地平線のあたりで、一つになって見える。左の方の、黄いろみ掛かった畑を隔てて村が見える。停車場には、その村の名が付いているのである。右の方には沙地に草の生えた原が、眠そうに広がっている。

二人の百姓は、町へ出て物を売った帰りと見えて、停車場に附属している料理店に坐り込んで祝杯を挙げている。

そこで女二人だけ黙って並んで歩き出した。女房の方が道案内をする。その道筋は軌道を越して野原の方へ這入り込む。この道は暗緑色の草が殆《ほとん》ど土を隠す程茂っていて、その上に荷車の通った輪の跡が二本走っている。

薄ら寒い夏の朝である。空は灰色に見えている。道で見た二三本の立木は、大きく、不細工に、この陰気な平地に聳えている。丁度森が歩哨《ほしよう》を出して、それを引っ込めるのを忘れたように見える。そここに、低い、片羽のような、病気らしい灌木《かんぼく》が、伸びようとして伸びずにいる。

二人の女は黙って並んで歩いている。まるきり言語の通ぜぬ外国人同士のようである。いつも女房の方が一足先に立って行く。多分そのせいで、女学生の方が、何か言ったり、問うて見たりしたいのを堪《こら》えているかと思われる。

遠くに見えている白樺《しらかば》の白けた森が、次第にゆるゆると近づいて来る。手入をせられた事の無い、銀鼠色の小さい木の幹が、勝手に曲りくねって、髪の乱れた頭のような枝葉を戴いて、一塊になっている。そして小さい葉に風を受けて、互に囁《ささや》き合っている。』（各2点）

答／　そび　ぎんねずいろ

解説　ここまでが鷗外の翻訳。そして、ここから太宰が女学生の心理を分析し、彼独自の物語へと作り替える。

【問題106】

女学生は一こと言ってみたかった。「私はあの人を愛していない。あなたはほんとに愛しているの。」それだけ言ってみたかった。腹がたってたまらなかった。ゆうべ学校から疲れて帰り、さあ、けさ冷しておいたミルクでも飲みましょう、と汗ばんだ上衣《うわぎ》を脱いで卓のうえに置いた、そのとき、あの無智な馬鹿らしい手紙が、その卓のうえに白くひっそり載っているのを見つけたのだ。私の室に無断で入って来たのに違いない。ああ、この奥さんは狂っている。手紙を読み終えて、私はあまりの馬鹿らしさに笑い出した。まったく黙殺ときめてしまって、手紙を二つに裂き、四つに裂き、八つに裂いて紙屑入れに、ひらひら落した。そのとき、あの人が異様に蒼《あお》ざめて、いきなり部屋に入って来たのだ。

「どうしたの。」

「見つかった、感づかれた。」あの人は無理に笑ってみせようと努めたようだが、ひくひく右の頬がひきつって、あの人の特徴ある犬歯がにゅっと出ただけのことである。

私はあさましく思い、「あなたよりは、あなたの奥さんの方が、きっぱりして居るようです。私に決闘を申込んで来ました。」あの人は、「そうか、やっぱりそうか。」と落ちつきなく部屋をうろつき、「あいつはそんな無茶なことをやらかして、おれの声名に傷つけ、心からの復讐をしようとしている。変だと思っていたのだ。ゆうべ、おれに、いつにないやさしい口調で、あなたも今月はずいぶん、お仕事をなさいましたし、気休めにどこか田舎《いなか》へ遊びにいらっしゃい。お金も今月はどっさり余分にございます。あなたのお疲れのお顔を見ると、私までなんだか苦しくなります。この頃、私にも少しずつ、芸術家の辛苦《しんく》というものが、わかりかけてまいりました。と、そんなことをぬかすので、おれも、ははあ、これは何かあるな、と感づき、何食わぬ顔して、それに同意し、今朝、旅行に出たふりしてまた引返し、家の中庭の隅にしゃがんで看視していたのだ。夕方あいつは家を出て、何時何処で、誰から聞いて知っていたのか、お前のこの下宿へ真直にやって来て、おかみと何やら話していたが、やがて出て来て、こんどは下町へ出かけ、ある店の飾り窓の前に、ひたと吸いついて動かなんだ。その飾り窓には、野鴨《のがも》の剝製やら、鹿の角やら、いたちの毛皮などあり、私は遠くから見ていたのであるが、はじめは何の店やら判断がつかなかった。そのうちに、あいつはすっと店の中へ入ってしまったので、私も安心して、その店に近づいて見ることが出来たのだが、なんと驚いた、いや驚いたというのは嘘で、ああそうか、というような合点の気持だったのかな？　野鴨の剝製やら、鹿の角やら、いたちの毛皮に飾られて、十数挺の猟銃が黒い銃身を鈍く光らせて、飾り窓の下に沈んで横になっていた。拳銃もある。私には皆わかるのだ。人生が、このような黒い銃身の光と、じかに結びつくなどは、ふだんはとても考えられぬことであるが、その時の私のうつろな絶望の胸には、とてもリリカルにしみて来たのだ。銃身の黒い光は、これは、いのちの最後の詩だと思った。（各2点）

答／　いつどこ　はくせい

【問題107】

パアンと店の裏で拳銃の音がする。つづいて、又一発。私は危く涙を落しそうになった。そっと店の扉を開け、内を窺《うかが》っても、店はがらんとして誰もいない。私は入った。相続く銃声をたよりに、ずんずん奥へすすんだ。みると薄暮の中庭で、女房と店の主人が並んで立って、今しも女房が主人に教えられ、最初の一発を的に向ってぶっ放すところであった。女房の拳銃は火を放った。けれども弾丸は、三歩程前の地面に当り、はじかれて、窓に当った。窓ガラスはがらがらと鳴ってこわれ、どこか屋根の上に隠れて止っていた一群の鳩が驚いて飛立って、たださえ暗い中庭を、さっと一層暗くした。私は再び涙ぐむのを覚えた。あの涙は何だろう。憎悪の涙か、恐怖の涙か。いやいや、ひょっとしたら女房への不憫さの涙であったかも知れないね。とにかくこれでわかった。あれはそんな女だ。いつでも冷たく忍従して、そのくせ、やるとなったら、世間を顧慮せずやりのける。ああ、おれはそれを頼もしい性格と思ったことさえある！　芋《いも》の煮付《につけ》が上手でね。今は危い。お前さんが殺される。おれの生れてはじめての恋人が殺される。もうこれが、私の生涯で唯一の女になるだろう、その大事な人を、その人をあれがいま殺そうとしている。おれは、そこまで見届けて、いま、お前さんのとこへ駈込んで来た。お前は――」（各2点）

答／　ふびん　こりょ

【問題108】

「それは御苦労さまでした。生れてはじめての恋人だの、唯一の宝だの、それは一体なんのことです。所詮は、あなた芸術家としてのひとり合点、ひとりでほくほく享楽しているだけのことではないの。気障ねえ。お止しなさい。私はあなたを愛していない。あなたはどだい美しくないもの。私が少しでも、あなたに関心を持っているとしたら、それはあなたの特異な職業に対してであります。市民を嘲って芸術を売って、そうして、市民と同じ生活をしているというのは、なんだか私には、不思議な生物のように思われ、私はそれを探求してみたかったという、まあ、理窟《りくつ》を言えばそうなるのですが、でも結局なんにもならなかった。なんにも無いのね。めちゃめちゃだけが在るのね。私は科学者ですから、不可解なもの、わからないものには惹《ひ》かれるの。それを知り極めないと死んでしまうような心細さを覚えます。だから私はあなたに惹かれた。私には芸術がわからない。私には芸術家がわからない。何かあると思っていたの。あなたを愛していたんじゃないわ。私は今こそ芸術家というものを知りました。芸術家というものは弱い、てんでなっちゃいない大きな低能児ね。それだけのもの、つまり智能の未発育な、いくら年とっても、それ以上は発育しない不具者なのね。純粋とは白痴のことなの？　無垢《むく》とは泣虫のことなの？　あああ、何をまた、そんな蒼《あお》い顔をして、私を見つめるの。いやだ。帰って下さい。あなたは頼りにならないお人だ。いまそれがわかった。驚いて度を失い、ただうろうろして見せるだけで、それが芸術家の純粋な、所以《ゆえん》なのですか。おそれいりました。」と、私は自分ながら、あまり、筋の通ったこととも思えないような罵言《ばげん》をわめき散らして、あの人をむりやり、扉の外へ押し出し、ばたんと扉をしめて錠をおろした。（各2点）

答／　きざ　あざけ

解説

小説家と女学生の会話は実に面白い。小説家は、女学生に「お前さんが殺される。おれの生れてはじめての恋人が殺される。もうこれが、私の生涯で唯一の女になるだろう、その大事な人を、その人をあれがいま殺そうとしている。」と大袈裟に訴える。読者はいかにも小説家＝太宰治だと思ってしまうことになる。おそらくそれも太宰の計算通りであろう。

　この小説家は自分が芸術家だと自負している。そんな小説家に対して、女学生は「芸術家というものは弱い、てんでなっちゃいない大きな低能児ね。それだけのもの、つまり智能の未発育な、いくら年とっても、それ以上は発育しない不具者なのね。純粋とは白痴のことなの？　無垢とは泣虫のことなの？」と切り捨てる。

もちろんこの女学生も太宰自身であり、「純粋」「無垢」は太宰自身の売り言葉だった。まさにこの女学生の言葉は、自分で自分自身を断罪していることになりはしないか。

【問題109】

粗末な夕食の支度にとりかかりながら、私はしきりに味気なかった。男というものの、のほほん顔が、腹の底から癪《しゃく》にさわった。一体なんだというのだろう。私は、たまには、あの人からお金を貰った。冬の手袋も買ってもらった。もっと恥ずかしい内輪のものをさえ買ってもらった。けれどもそれが一体どうしたというのだ。私は貧しい医学生だ。私の研究を助けてもらうために、ひとりのパトロンを見つけたというのは、これはどうしていけないことなのか。私には父も無い、母も無い。けれども、血筋は貴族の血だ。いまに叔母が死ねば遺産も貰える。私には私の誇《ほこり》があるのだ。私はあの人を愛していない。愛するとは、もっと別な、母の気持も含まれた、血のつながりを感じさせるような、特殊の感情なのではなかろうか。私は、あの人を愛していない。科学者としての私の道を、はじめからひとりで歩いていたつもりなのに、どうしてこう突然に、失敬な、いまわしい決闘の申込状やら、また四十を越した立派な男子が、泣きべそをかいて私の部屋にとびこんで来たり、まるで、私ひとりがひどい罪人であるかのように扱われている。私にはわからない。

ひとりで貧しい食事をしたため、葡萄酒を二杯飲んだ。食後の倦怠は、人を、「どうとも勝手に」という、ふてぶてしい思いに落ちこませるものである。決闘ということが、何だか、食後の運動くらいの軽い動作のように思われて来た。やってみようかなあ。私は殺される筈《はず》がない。あの男の話によれば、先方の女は、今日はじめて、拳銃の稽古をしていたというではないか。私は学生倶楽部《クラブ》で、何時でも射撃の最優勝者ではなかったか。馬に乗りながらでも十発九中。殺してやろう、私は侮辱を受けたのだ。この町では決闘は、若《も》し、それが正当のものであったなら、役人から受ける刑罰もごく軽く、別に名誉を損ずるほどのことにならぬと聞いていた。私の歩いている道に、少しでも、うるさい毛虫が這い寄ったら、私はそれを杖でちょいと除去するのが当然の事だ。私は若くて美しい。いや美しくはないけれど、でも、ひとりで生き抜こうとしている若い女性は、あんな下らない芸術家に恋々とぶら下り、私に半狂乱の決闘状など突きつける女よりは、きっと美しいに相違ない。そうだ、それは瞳の問題だ。いやもう、これはなかなか大変な奢りの気持になったものだ。（各2点）

【問題110】

どれ、公園を散歩して来ましょう。私の下宿のすぐ裏が、小さい公園で、亀の子に似た怪獣が、天に向って一筋高く水を吹上げ、その噴水のまわりは池で、東洋の金魚も泳いでいる。ペエトル一世が、王女アンの結婚を祝う意味で、全国の町々に、このような小さい公園を下賜せられた。この東洋の金魚も、王女アンの貰い玩具であったそうな。私はこの小さい公園が好きだ。瓦斯《ガス》燈《とう》に大きい蛾《が》がひとつ、ピンで留められたようについている。ふと見ると、ベンチにあの人がいる。私の散歩の癖を知っているから、ここで待ち伏せていたのであろう。私は、いまは気楽に近寄り、「さきほどは御免なさい。大きな白痴。」お馬鹿さんなどという愛称は、私には使えない。「あした決闘を見においで。私が奥さんを殺してあげる。いやなら、あなたのお家にじっとひそんで、奥さんのお帰りを待っていなさい。見に来なければ、奥さんを無事に帰してあげるわよ。」そう言ったとき、あの人はなんと答えたか。世にもいやしい笑いを満面に湛《たた》え、ふいとその笑いをひっこめ、しらじらしい顔して、「え、なんだって？　わけの分らんことをお前さんは言ったね。」そう言い捨てて、立ち去ったの

答／　けんたい　おご

である。私にはわかっている。あの人は、私に、自分の女房を殺して貰いたいのだ。けれども、それを、すこしも口に出して言いたくなし、また私の口からも聞いたことがないというようにして置きたかった。それは、あとあと迄、あの人の名誉を守るよすがともなろう。女二人に争われて、自分は全く知らぬ間に、女房は殺され、情婦は生きた。ああ、そのことは、どんなに芸術家の白痴の虚栄を満足させる事件であろう。あの人は、生き残った私に、そうして罪人の私に、こんどは憐憫をもって、いたわりの手をさしのべるという形にしたいのだ。見え透いている。あんな意気地無しの卑屈な怠けものには、そのような醜聞が何よりの御自慢なのだ。そうして顔をしかめ、髪をかきむしって、友人の前に告白のポオズ。ああ、おれは苦しい、と。あの人の夜霧に没する痩せたうしろ姿を見送り、私は両肩をしゃくって、くるりと廻れ右して、下宿に帰って来た。なにがなしに悲しい。（各2点）

答／　かし　れんびん

【問題111】

女性とは、所詮、ある窮極点に立てば、女性同士で抱きあって泣きたくなるものなのか。私は自身を不憫なものとは思わない。けれども、あの人の女房が急に不憫になって来た。いたわり合わなければならぬ間柄ではなかろうか。まだ見ぬ相手の女房への共感やら、憐憫やら、同情やら、何やらが、ばたばた、大きい鳥の翼のように、私の胸を叩くのだ。私は窓を開け放ち、星空を眺めながら、五杯も六杯も葡萄酒を飲んだ。ぐるぐる眼が廻って、ああ、星が降るようだ。そうだ。あの人はきっと決闘を見に来る。私達のうしろについて来る。見に来たらば、女房を殺してあげると私は先刻言ったのだから。あの人は樹の幹に隠れて見ているに違いない。そうして私に、ここで見ているという知らせのつもりで軽く咳《せき》ばらいなどするかも知れない。いきなり、その幹のかげの男に向って発砲しよう。愚劣な男は死ぬがよい。それにきまった。私はどさんと、ぶっ倒れるようにベッドに寝ころがった。おやすみなさい、コンスタンチェ。(コンスタンチェとは女房の名である。)(各2点)

答／　きゅうきょく　ぐれつ

解説

あなたの奥さんを殺してほしいのなら、そっと決闘を見に来なさいと女学生は言った。小説家の魂胆なんてお見通しだと思っているからだ。

邪魔な女房を殺してほしいのだ。しかも、愛人に自分の女房を殺されて、「ああ、俺は苦しい」と告白のポーズ。それが芸術家というものの正体である。

太宰は心中事件など、自分の罪を告白し、それを小説にしてきた。

ここでも小説家＝太宰治と、読者を暗に誘導しているのである。さて、いよいよ決闘の場面である。

【問題112】

あくる日、二人の女は、陰鬱な灰色の空の下に小さく寄り添って歩いている。黙って並んで歩いている。女学生はさっきから、一言聞いてみたかった。あなたはあの人を愛しているの？　ほんとうに愛しているの？　けれども、相手の女は、まるで一匹のたくましい雌馬のように、鼻孔をひろげて、荒い息を吐き吐き、せっせと歩いて、それに追いすがる女学生を振払うように、ただ急ぎに急ぐのである。女学生は、女房のスカアトの裾から露出する骨張った脚を見ながら、次第にむかむか嫌悪が生じる。「あさましい。理性を失った女性の姿は、どうしてこんなに動物の臭いがするのだろう。汚い。下等だ。毛虫だ。助けまい。あの男を撃つより先に、やはりこの女と、私は憎しみをもって勝敗を決しよう。あの男が此所へ来ているか、どうか、私は知らない。見えないようだ。どうでもよい。いまは目前の、このあさはかな、取乱した下等な雌馬だけが問題だ。」二人の女は黙ってせっせと歩いている。

女学生がどんなに急いで歩いても、いつも女房の方が一足先に立って行く。遠くに見えている白樺の森が次第にゆるゆると近づいて来る。あの森が、約束の地点だ。（以上ＤＡＺＡＩ）（各2点）

答／すそ　ここ

【問題113】

すぐつづけて原作は、

『この森の直ぐ背後で、女房は突然立ち留まった。その様子が今まで人に追い掛けられていて、この時決心して自分を追い掛けて来た人に向き合うように見えた。

「お互に六発ずつ打つ事にしましょうね。あなたがお先へお打ちなさい。」

「ようございます。」

二人の交えた会話はこれだけであった。

女学生ははっきりした声で数を読みながら、十二歩歩いた。そして女房のするように、一番はずれの白樺の幹に並んで、相手と向き合って立った。

周囲の草原はひっそりと眠っている。停車場から鐸の音が、ぴんぱんぴんぱんと云うように聞える。丁度時計のセコンドのようである。セコンドや時間がどうなろうと、そんな事は、もうこの二人には用が無いのである。女学生の立っている右手の方に浅い水溜《みずたまり》があって、それに空が白く映っている。それが草原の中に牛乳をこぼしたように見える。白樺の木どもは、これから起って来る、珍らしい出来事を見ようと思うらしく、互に摩《す》り寄って、頸《くび》を長くして、声を立てずに見ている。』見ているのは、白樺の木だけではなかった。二人の女の影のように、いつのまにか、白樺の幹の蔭《かげ》にうずくまっている、れいの下等の芸術家。

ここで一休みしましょう。最後の一行は、私が附け加えました。

おそろしく不器用で、赤面しながら、とにかく私が、女学生と亭主の側からも、少し書いてみました。甚だ概念的で、また甘ったるく、原作者オイレンベルグ氏の緊密なる写実を汚すこと、おびただしいものであることは私も承知して居ります。けれども、原作は前回の結尾からすぐに、『この森の直ぐ背後で、女房は突然立ち留まった。云々。』となっているのでありますが、その間に私の下手《へた》な蛇足を挿入すると、またこの「女の決闘」という小説も、全く別な廿世紀の生々しさが出るのではないかと思い、実に大まかな通俗の言葉ばかり大胆に採用して、書いてみたわけであります。廿世紀の写実とは、あるいは概念の肉化にあるのかも知れませんし、一概に、甘い大げさな形容詞を排斥するのも当るまいと思います。人は世俗の借金で自殺することもあれば、また概念の無形の恐怖から自殺することだってあるのです。決闘の次第は次回で述べます。（各2点）

答／　すず　だぞく

【問題114】

決闘の勝敗の次第をお知らせする前に、この女ふたりが拳銃を構えて対峙した可憐陰惨、また奇妙でもある光景を、白樺の幹の蔭にうずくまって見ている、れいの下等の芸術家の心懐に就《つ》いて考えてみたいと思います。私はいま仮にこの男の事を下等の芸術家と呼んでいるのでありますが、それは何も、この男ひとりを限って、下等と呼んでいるのでは無くして、芸術家全般がもとより下等のものであるから、この男も何やら著述をしているらしいその罰で、下等の仲間に無理矢理、参加させられてしまったというわけなのであります。この男は、芸術家のうちではむしろ高貴なほうかも知れません。第一に、このひとは紳士であります。服装正しく、挨拶《あいさつ》も尋常で、気弱い笑顔は魅力的であります。散髪を怠らず、学問ありげな、れいの虚無的なるぶらりぶらりの歩き方をも体得して居た筈でありますし、それに何よりも泥酔《でいすい》する程に酒を飲まぬのが、決定的にこの男を上品な紳士の部類に編入させているのであります。けれども、悲しいかな、この男もまた著述をなして居るとすれば、その外面の上品さのみを見て、油断することは出来ません。何となれば、芸術家には、殆ど例外なく、二つの哀れな悪徳が具わって在るものだからであります。その一つは、好色の念であります。この男は、よわい既に不惑《ふわく》を越え、文名やや高く、可憐無邪気の恋物語をも創り、市井婦女子をうっとりさせて、汚れない清潔の性格のように思われている様子でありますが、内心はなかなか、そんなものではなかったのです。（各2点）

答／　たいじ　しせい

【問題115】

初老に近い男の、好色の念の熾烈に就いて諸君は考えてみたことがおありでしょうか。或る程度の地位も得た、名声さえも得たようだ、得てみたら、つまらない、なんでもないものだ、日々の暮しに困らぬ程の財産もできた、自分のちからの限度もわかって来た、まあ、こんなところかな？　この上むりして努めてみたって、たいしたことにもなるまい、こうして段々老いてゆくのだ、と気がついたときは、人は、せめて今いちどの冒険に、あこがれるようにならぬものであろうか。ファウストは、この人情の機微に就いて、わななきつつ書斎で独語しているようであります。ことにも、それが芸術家の場合、黒煙濛々の地団駄《じだんだ》踏むばかりの焦躁でなければなりません。芸術家というものは、例外なしに生れつきの好色人であるのでありますから、その渇望も極度のものがあるのではないかと、笑いごとでは無しに考えられるのであります。殊にも、この男は紅毛人であります。紅毛人の I love you には、日本人の想像にも及ばぬ或る種の直接的な感情が含まれている様子で、「愛します」という言葉は、日本に於いてこそ綺麗《きれい》な精神的なものと思われているようですが、紅毛人に於いては、もっと、せっぱつまった意味で用いられているようであります。よろずに奔放で熾烈であります。いいとしをして思慮分別も在りげな男が、内実は、中学生みたいな甘い咏歎《えいたん》にひたっていることもあるのだし、たかが女学生の生意気なのに惹かれて、家も地位も投げ出し、狂乱の姿態を示すことだってあるのです。それは、日本でも、西欧でも同じことであるのですが、ことにも紅毛人に於いては、それが甚だしいように思われます。（各2点）

答／　しれつ　もうもう

【問題116】

この哀れな、なんだか共感を誘う弱点に依《よ》って、いまこの男は、二人の女の後《うしろ》についてやって来て、そうして、白樺の幹の蔭に身をかくし、息を殺して、二人の女の決闘のなりゆきを見つめていなければならなくなった。もう一つ、この男の、芸術家の通弊として避けられぬ弱点、すなわち好奇心、言葉を換えて言えば、誰も知らぬものを知ろうという虚栄、その珍らしいものを見事に表現してやろうという功名心、そんなものが、この男を、ふらふら此の決闘の現場まで引きずり込んで来たものと思われます。どうしても一匹、死なない虫がある。自身、愛慾に狂乱していながら、その狂乱の様をさえ描写しようと努めているのが、これら芸術家の宿命であります。本能であります。諸君は、藤十郎の恋、というお話をご存じでしょうか。あれは、坂田藤十郎が、芸の工夫のため、いつわって人妻に恋を仕掛けた、ということになっていますが、果して全部が偽りの口説であったかどうか、それは、わかったものじゃ無いと私は思って居ります。本当の恋を囁いている間に自身の芸術家の虫が、そろそろ頭をもたげて来て、次第にその虫の喜びのほうが増大して、満場の喝采《かっさい》が眼のまえにちらつき、はては、愛慾も興覚めた、という解釈も成立し得ると思います。まことに芸術家の、表現に対する貪婪、虚栄、喝采への渇望は、始末に困って、あわれなものであります。今、この白樺の幹の蔭に、雀《すずめ》を狙う黒い猫みたいに全身緊張させて構えている男の心境も、所詮は、初老の甘ったるい割り切れない「恋情」と、身中の虫、芸術家としての「虚栄」と

の葛藤である、と私には考えられるのであります。（各2点）

答／　くぜつ　どんらん

解説

小説家は決闘を見に来た。白樺の幹の陰に隠れて、息を殺して成り行きを見つめていた。なぜ、決闘を見に来たのか。何も愛人に妻を殺してもらいたかったわけではない。その動機を、太宰は「好奇心」と述べている。

たしかに二人の女が自分のために殺し合う、そうした状況は身もだえするほど切なく、そしてそれは小説家にとって一種の快感だったには違いないが、それよりも太宰は小説家の中にはどうにもならない一匹の虫が巣くっているという。果たしてこれからどうなるのか、その成り行きを自分の目で見たくて仕方がなかったのだ。

【問題117】

ああ、決闘やめろ。拳銃からりと投げ出して二人で笑え。止《よ》したら、なんでも無いことだ。ささやかなトラブルの思い出として残るだけのことだ。誰にも知られずにすむのだ。私は二人を愛している。おんなじように愛している。可愛い。怪我しては、いけない。やめて欲しい、とも思うのだが、さて、この男には幹の蔭から身を躍らせて二人の間に飛び込むほどの決断もつかぬのです。もう少し、なりゆきを見たいのです。男は更に考える。

　発砲したからといっても、必ず、どちらかが死ぬるとはきまっていない。死ぬるどころか、双方かすり疵一つ受けないことだって在り得る。たいてい、そんなところだろう。死ぬるなんて、並たいていの事ではない。どうして私は、事態の最悪の場合ばかり考えたがるのだろう。ああ、けさは女房も美しい。ふびんな奴だ。あいつは、私を信じすぎていたのだ。私も悪い。女房を、だましすぎていた。だますより他はなかったのだ。家庭の幸福なんて、お互い嘘の上ででも無ければあ成り立たない。いままで私は、それを信じていた。女房なんて、謂《い》わば、家の道具だと信じていた。いちいち真実を吐露《とろ》し合っていたんじゃ、やり切れない。私は、いつもだましていた。それだから女房は、いつも私を好いてくれた。真実は、家庭の敵。嘘こそ家庭の幸福の花だ、と私は信じていた。この確信に間違い無いか。私は、なんだか、ひどい思いちがいしていたのでは無いか。このとしになるまで、知らずにいた厳粛な事実が在ったのでは無いか。女房は、あれは、道具にちがいないけれど、でも、女房にとって、私は道具でなかったのかも知れぬ。もっと、いじらしい、懸命な思いで私の傍にいてくれたのかも知れない。女房は私を、だましていなかった。私は悪い。けれども、それだ

けの話だ。（各2点）

答／　けが　きず

解説

太宰が石原美知子と結婚したとき、井伏鱒二に宛てた誓約書を思い起こしてほしい。その中に、「結婚というものの本義を知りました。結婚は、家庭は、努力であると思います。厳粛な、努力であると信じます」と書いた。

この小説家は女房を愛していない。でも、生涯愛している振りをし続けるつもりだったのだ。「私は、いつもだましていた。それだから女房は、いつも私を好いてくれた。真実は、家庭の敵。嘘こそ家庭の幸福の花だ、と私は信じていた」。

まさに結婚とは厳粛な努力であり、いかにばれないように愛している振りをし続けることができるかだったのだ。

ここにおいても、読者は小説家＝太宰治といった罠に仕掛けられる。太宰はいつばれるかいつばれるかと脂汗をかきながら、懸命に演技をし続けたのだ、と。そして、嘘がばれたとき、太宰はもう今までのように演技を続けられなくなる。

だが、本当に罠だったのだろうか？

もしかすると、太宰は実生活においてひたすら演技をし続ける役者であったのかもしれない。その後ろめたさ、罪の意識もあって、あるいは演技し続ける苦しさに堪えかねて、小説の中でそっと本音を告白していたのではなかっただろうか。

私小説とは実生活を忠実に描くものだとしたなら、太宰の場合は実生活そのものが虚構であり、それを多少の作為を交えて私小説として描き出したものであったと、私には思えるのだ。

【問題118】

私は女房に、どんな応答をしたらいいのか。私はおまえを愛していない。けれども、それは素知らぬ振りして、一生おまえとは離れまい決心だった。平和に一緒に暮して行ける確信が私に在ったのだが、もう、今は、だめかも知れない。決闘なんて、なんという無智なことを考えたものだ！　やめろ！　と男は、白樺の蔭から一歩踏み出し、あやうく声を出しかけて、見ると、今しも二人の女が、拳銃持つ手を徐々に挙げて、発砲一瞬まえの姿勢に移りつつあったので、はっと声を呑んでしまいました。もとより、この男もただものでない。当時流行の作家であります。謂わば、眼から鼻に抜けるほどの才智を持った男であります。普通、好人物の如く醜く動転、とり乱すようなことは致しません。やるなら、やれ、と糞度《くそど》胸《きょう》を据え、また白樺の蔭にひたと身を隠して、事のなりゆきを凝視しました。

やるならやれ。私の知った事でない。もうこうなれば、どっちが死んだって同じ事だ。二人死んだら尚更いい。ああ、あの子は殺される。私の、可愛い不思議な生きもの。私はおまえを、女房の千倍も愛している。たのむ、女房を殺せ！　あいつは邪魔だ！　賢夫人だ。賢夫人のままで死なせてやれ。ああ、もうどうでもいい。私の知ったことか。せいぜい華やかにやるがいい、と今は全く道義を越えて、目前の異様な戦慄《せんりつ》の光景をむさぼるように見つめていました。誰も見た事の無いものを私はいま見ている、このプライド。やがてこれを如実に描写できる、この仕合せ。ああ、この男は、恐怖よりも歓喜を、五体しびれる程の強烈な歓喜を感じている様子であります。神を恐れぬこの傲慢、痴夢、我執、人間侮辱。芸術とは、そんなに狂気じみた冷酷を必要とするものであったでしょうか。男は、冷静な写真師になりました。芸術家は、やっぱり人ではありません。その胸に、奇妙な、臭い一匹の虫がいます。その虫を、サタン、と人は呼んでいます。（各2点）

答／　なおさら　しあわ

【問題119】

発砲せられた。いまは、あさましい芸術家の下等な眼だけが動く。男の眼は、その決闘のすえ始終を見とどけました。そうして後日、高い誇りを以て、わが見たところを誤またず描写しました。以下は、その原文であります。流石《さすが》に、古今の名描写であります。背後の男の、貪婪な観察の眼をお忘れなさらぬようにして、ゆっくり読んでみて下さい。

女学生が最初に打った。自分の技倆に信用を置いて相談に乗ったのだと云う風で、落ち着いてゆっくり発射した。弾丸《たま》は女房の立っている側の白樺の幹をかすって力が無くなって地に落ちて、どこか草の間に隠れた。

その次に女房が打ったが、矢張り中《あた》らなかった。

それから二人で交る代る、熱心に打ち合った。銃の音は木精のように続いて鳴り渡った。

そのうち女学生の方が先に逆せて来た。そして弾丸が始終高い所ばかりを飛ぶようになった。

女房も矢張り気がぼうっとして来て、なんでももう百発も打ったような気がしている。その目には遠方に女学生の白いカラが見える。それをきのう的を狙ったように狙って打っている。その白いカラの外《ほか》には、なんにも目に見えない。消えてしまったようである。自分の踏んでいる足下の土地さえ、あるか無いか覚えない。

突然、今自分は打ったか打たぬか知らぬのに、前に目に見えた白いカラが地に落ちた。そして外国語で何か一言云うのが聞えた。（各3点）

答／　こだま　のぼ

【問題120】


その刹那《せつな》に周囲のものが皆一塊になって見えて来た。灰色の、じっとして動かぬ大空の下の暗い草原、それから白い水潦、それから側のひょろひょろした白樺の木などである。白樺の木の葉は、この出来事をこわがっているように、風を受けて囁き始めた。

女房は夢の醒《さ》めたように、堅い拳銃を地に投げて、着物の裾《すそ》をまくって、その場を逃げ出した。

女房は人げの無い草原を、夢中になって駆けている。唯自分の殺した女学生のいる場所から成《な》るたけ遠く逃げようとしているのである。跡には草原の中には赤い泉が湧き出したように、血を流して、女学生の体が横《よこた》わっている。

女房は走れるだけ走って、草臥《くたび》れ切って草原のはずれの草の上に倒れた。余り駆けたので、体中の脈がぴんぴん打っている。そして耳には異様な囁きが聞える。「今血が出てしまって死ぬるのだ」と云うようである。

こんな事を考えている内に、女房は段段に、しかも余程手間取って、落ち着いて来た。それと同時に草原を物狂わしく走っていた間感じていた、旨《うま》く復讐を為遂《しと》げたと云う喜も、次第につまらぬものになって来た。丁度《ちょうど》向うで女学生の頸の創《きず》から血が流れて出るように、胸に満ちていた喜が逃げてしまうのである。「これで敵《かたき》を討った」と思って、物に追われて途方に暮れた獣のように、夢中で草原を駆けた時の喜は、いつか消えてしまって、自分の上を吹いて通る、これまで覚えた事のない、冷たい風がそれに代ったのである。なんだか女学生が、今死んでいるあたりから、冷たい息が通って来て、自分を凍えさせるようである。たった今まで、草原の中をよろめきながら飛んでいる野の蜜蜂《みつばち》が止まったら、羽を焦《こが》してしまっただろうと思われる程、赤く燃えていた女房の顳顬が、大理石のように冷たくなった。大きい為事《しごと》をして、ほてっていた小さい手からも、血が皆どこかへ逃げて行ってしまった。

解説

(各2点)　　　　答／　みずたまり　こめかみ

女学生は射撃の名手だったのかもしれないが、生きた人間を現実に撃ったことはなかった。女学生が最初に撃った。外れた。次は自分が的になる番だ。たとえ相手が素人であっても、偶然命中しないとも限らない。的になって身動きできない恐怖は尋常なものではないだろう。相手の弾が外れて、今度は自分の番だ。もし、外れたなら、また自分が的にならなければならない。そう思うと、腕が震えて、相手の体を狙っても、焦点が定まらなかったに違いない。

それに対して、女房は最初から女学生に撃たれて死ぬつもりだった。今まで自分を犠牲にして、夫に尽くしてきた。夫が自分を愛してくれていると信じていたから、何もかも投げ捨て、懸命に夫に身を捧げてきたのだ。それなのに、夫は自分を愛していなかった。そうした事実が分かったとき、何もかもすべてが空しくなった。

何も考えず、ただ目の前の女学生をめがけて撃った。そして、最後の一撃が女学生の頸を貫いた。

結局、この物語の結末はどうなったのか？

女学生は死亡し、女房は自首した。この国の法律では正当な決闘は認められたので、大きな罪にはならなかったが、女房は監獄の中で密かに食を絶ち、餓死する。そして、二人の女に死なれた小説家はそのことを小説にし、一躍流行作家になっていく。最後に小説家と検事との問答を紹介しようと思う。

【問題121】

——あ、ちょっと。一つだけ、お伺いします。奥さんが殺されて、女学生が勝った場合は、どうなりますか？

——どうもこうもなりません。そいつは残った弾丸で、私をも撃ち殺したでしょう。

——ご存じですね。奥さんは、すると、あなたの命の恩人ということになりますね。

——女房は、可愛げの無い女です。好んで犠牲になったのです。エゴイストです。

——もう一つお伺いします。あなたは、どちらの死を望みましたか？　あなたは、隠れて見ていましたね。旅行していたというのは嘘ですね。あの前夜も、女学生の下宿に訪ねて行きましたね。あなたは、どちらの死を望んでいたのですか？　奥さんでしょうね。

——いいえ、私は、（と芸術家は威厳のある声で言いました。）どちらも生きてくれ、と念じていました。

——そうです。それでいいのです。私はあなたの、今の言葉だけを信頼します。（と検事は、はじめて白い歯を出して微笑《ほほえ》み、芸術家の肩をそっと叩いて、）そうで無ければ、私は今すぐあなたを、未決檻に送るつもりでいたのですよ。殺人幇助という立派な罪名があります。

以上は、かの芸術家と、いやらしく老獪な検事との一問一答の内容でありますが、ただ、これだけでは私も諸君も不満であります。「いいえ、私は、どちらも生きてくれ、と念じていました。」という一言を信じて、検事は、この男を無罪放免という事にした様子でありますが、私たちの心の中に住んでいる小さい検事は、なかなか疑い深くて、とてもこの男を易々と放免することが出来ないのであります。この男は、予審の検事を、だましたのではないでしょうか。「どちらも生きてくれ、と念じていました。」というのは、嘘ではないか。この男は、あの決闘のとき、白樺の木の蔭に隠れて、ああ、どっちも死ね！　両方死ね、いや、女房だけ死ね！　女房を殺してくれ、と全身に脂汗を流して念じていた瞬間が、在ったじゃないか。確かに在った。この男は、あれを忘れているのであろうか。或いはちゃんと覚えている癖《くせ》に、成長した社会人特有の厚顔無恥の、謂わば世馴れた心から、けろりと忘れた振りして、平気で嘘を言い、それを取調べる検事も亦《また》、そこのところを見抜いていながら、その追究を大人気《おとなげ》ないものとして放棄し、とにかく話の筋が通って居れば、それで役所の書類作成に支障は無し、自分の勤めも大過無し、正義よりも真実よりも自分の職業の無事安泰が第一だと、そこは芸術家も検事も、世馴れた大人同士の暗黙の裏の了解ができて、そこで、「どちらも生きてくれと念じていました。」「よろしい、信頼しましょう。」ということになったのでは無いでしょうか。（各2点）

答／　ほうじょ　ろうかい

【問題122】

けれども、その疑惑は、間違っています。私は、それに就いて、いま諸君に、僭越ながら教えなければなりません。その時の、男の答弁は正しいのです。また、その一言を信頼し、無罪放免した検事の態度も正しいのです。決してお互い妥協しているのではありません。男は、あの決闘の時、女房を殺せ！　と願いました。と同時に、決闘やめろ！　拳銃からりと投げ出して二人で笑え、と危く叫ぼうとしたのであります。人は、念々と動く心の像すべてを真実と見做してはいけません。自分のものでも無い或る卑しい想念を、自分の生れつきの本性の如く誤って思い込み、悶々している気弱い人が、ずいぶん多い様子であります。卑しい願望が、ちらと胸に浮ぶことは、誰にだってあります。時々刻々、美醜さまざまの想念が、胸に浮んでは消え、浮んでは消えて、そうして人は生きています。その場合に、醜いものだけを正体として信じ、美しい願望も人間には在るという事を忘れているのは、間違いであります。念々と動く心の像は、すべて「事実」として存在はしても、けれども、それを「真実」として指摘するのは、間違いなのであります。真実は、常に一つではありませんか。他は、すべて信じなくていいのです。忘れていていいのです。多くの浮遊の事実の中から、たった一つの真実を拾い出して、あの芸術家は、権威を以《もっ》て答えたのです。検事も、それを信じました。二人共に、真実を愛し、真実を触知し得る程の立派な人物であったのでしょう。

あの、あわれな、卑屈な男も、こうして段々考えて行くに連れて、少しずつ人間の位置を持ち直して来た様子であります。悪いと思っていた人が、だんだん善くなって来るのを見る事ほど楽しいことはありません。弁護のしついでに、この男の、身中の虫、「芸術家」としての非情に就いても、ちょっと考えてみることに致しましょう。（各2点）

答／　せんえつ　みな

【問題123】

この男ひとりに限らず、芸術家というものは、その腹中に、どうしても死なぬ虫を一匹持っていて、最大の悲劇をも冷酷の眼で平気で観察しているものだ、と前回に於いても、前々回に於いても非難して来た筈でありますが、その非難をも、ちょっとついでに取り消してお目に掛けたくなりました。何も、人助けの為であります。慈善は、私の本性かも知れません。「醜いものだけを正体として信じ、美しい願望も人間には在るということを忘れているのは、間違いであります。」とD先生が教えて居ります。何事も、自分を、善いほうに解釈して置くのがいいようだ。さて、芸術家には、人で無い部分が在る、芸術家の本性は、サタンである、という私の以前の仮説に対して、私は、もう一つの反立法を持ち合せているのであります。それを、いま、お知らせ致します。

――リュシエンヌよ、私は或る声楽家を知っていた。彼が許嫁《いいなずけ》の死の床に侍して、その臨終に立会った時、傍らに、彼の許嫁の妹が身を慄《ふる》わせ、声をあげて泣きむせぶのを聴きつつ、彼は心から許嫁の死を悲しみながらも、許嫁の妹の涕泣に発声法上の欠陥のある事に気づいて、その涕泣に迫力を添えるには適度の訓練を必要とするのではなかろうか。と不図考えたのであった。而《しか》もこの声楽家は、許嫁との死別の悲しみに堪えずしてその後間もなく死んでしまったが、許嫁の妹は、世間の掟に従って、忌の果てには、心置きなく喪服を脱いだのであった。

これは、私の文章ではありません。辰野隆先生訳、仏人リイル・アダン氏の小話であります。この短い実話を、もう一度繰りかえして読んでみて下さい。ゆっくり読んでみて下さい。薄情なのは、世間の涙もろい人たちの間にかえって多いのであります。芸術家は、めったに泣かないけれども、ひそかに心臓を破って居ります。人の悲劇を目前にして、目が、耳が、手が冷いけれども、胸中の血は、再び旧にかえらぬ程に激しく騒いでいます。芸術家は、決してサタンではありません。かの女房の卑劣な亭主も、こう考えて来ると、あながち非難するにも及ばなくなったようであります。眼は冷く、女房の殺人の現場を眺め、手は平然とそれを描写しながらも、心は、なかなか悲愁断腸のものが在ったのではないでしょうか。（各3点）

答／　ていきゅう　ふと

解説

森鷗外訳の『女の決闘』を語っていながら、太宰は実は芸術家、さらには自分自身を語っているのではないか。

「芸術家は、めったに泣かないけれども、ひそかに心臓を破って居ります。」

この言葉に太宰の思いが集約されているように思える。

◎あなたの日本語力を採点しよう！
90点以上　日本語博士レベル　70点以上　日本語上級レベル
50点以上　日本語中級レベル　50点未満　日本語初級レベル

第六章　会話問題で論理力を鍛える

最後は、作品中の会話を推測するトレーニングである。太宰がどんな会話を創作したのか、それを考える作業は実に楽しいことである。

もちろん、会話は論理的にできているはずなので、その作業は自ずと論理力を鍛えるものとなる。

しかも、太宰最後の作品『グッド・バイ』。すでに死を決意しての執筆なのに、『グッド・バイ』は不思議と明るく、健康的で、ウイットに富んでいる作品である。

これも太宰治の謎の一つであろう。

『グッド・バイ』からの出題

昭和二十年（一九四五）、八月十五日、太平洋戦争終結。軍国主義者が一夜にして自由主義者に早変わりする新現実に対して、太宰は嫌悪感を抱いていた。

二十二年の二月、太田静子を訪ね、彼女の日記を受け取る。静子とは戦時中から密かに交際を続けていたのだ。そして、その日記をもとに『斜陽』を書き始めた。

『斜陽』は六月の末完成し、大ベストセラーとなった。「斜陽族」といった言葉が流行したほどである。だが、その頃、放蕩生活の果てに肺結核による喀血《かっけつ》がひどくなり、太宰は心身ともに病魔にすっかりと蝕《むしば》まれていた。

三月にはすでに戦争未亡人である山崎富栄と出会っていた。三月には三鷹の家で次女里子が誕生し、太宰は三児の父親となる。十一月には太田静子との間に、治子が生まれた。

翌二十三年、この頃から山崎富栄と死についてしばしば話し合っていたらしい。三月にはすでに死を決意し、『人間失格』を執筆し始める。

「新潮」に『如是我聞《にょぜがもん》』を連載し、志賀直哉を「自己肯定のすさまじさ」と攻撃した。五月には、『グッド・バイ』を執筆し始める。

六月十三日、太宰は山崎富栄とともに失踪する。友人たちは降り続く雨で増水した玉川上水を懸命に捜索したが、二人を見つけることができなかった。結局、二人の遺体が発見されたのは一週間後、入水《じゅすい》したと思われる場所から千メートルほど下流であったが、二人は離れぬようにしっかりと抱き合っていたという。

「グッド・バイ」は太宰最後の作品で、未完成である。

この章では、「グッド・バイ」の全文を掲載した。作品を鑑賞しながら、日本語力をトレーニングしていただきたい。

【問題124】

変心（一）

文壇の、或《あ》る老大家が亡《な》くなって、その告別式の終り頃から、雨が降りはじめた。早春の雨である。

その帰り、二人の男が相合傘《あいあいがさ》で歩いている。いずれも、その逝去《せいきょ》した老大家には、お義理一ぺん、話題は、女に就《つ》いての、極《きわ》めて不きんしんな事。紋服の初老の大男は、文士。それよりずっと若いロイド眼鏡《めがね》、縞《しま》ズボンの好男子は、編集者。

「あいつも、」と文士は言う。「女が好きだったらしいな。お前も、（　　　）やつれたぜ。」

「全部、やめるつもりでいるんです。」

その編集者は、顔を赤くして答える。

この文士、ひどく露骨で、下品な口をきくので、その好男子の編集者はかねがね敬遠していたのだが、きょうは自身に傘の用意が無かったので、仕方なく、文士の蛇《じゃ》の目傘《めがさ》にいれてもらい、かくは油をしぼられる結果となった。

全部、やめるつもりでいるんです。しかし、それは、まんざら嘘で無かった。

何かしら、変って来ていたのである。終戦以来、三年経《た》って、どこやら、変った。

三十四歳、雑誌「オベリスク」編集長、田島周二、言葉に少し関西なまりがあるようだが、自身の出生に就いては、ほとんど語らぬ。もともと、抜け目の無い男で、「オベリスク」の編集は世間へのお体裁《ていさい》、実は闇商売《やみしようばい》のお手伝いして、いつも、しこたま、もうけている。けれども、悪銭身につかぬ例えのとおり、酒はそれこそ、浴びるほど飲み、愛人を十人ちかく養っているという噂《うわさ》。

かれは、しかし、独身では無い。独身どころか、いまの細君は後妻である。先妻は、白痴の女児ひとりを残して、肺炎で死に、それから彼は、東京の家を売り、埼玉県の友人の家に疎開《そかい》し、疎開中に、いまの細君をものにして結婚した。細君のほうは、もちろん初婚で、その実家は、かなり内福の農家である。

終戦になり、細君と女児を、細君のその実家にあずけ、かれは単身、東京に乗り込み、郊外のアパートの一部屋を借り、そこはもうただ、寝るだけのところ、抜け目なく四方八方を飛び歩いて、しこたま、もうけた。

けれども、それから三年経ち、何だか気持が変って来た。世の中が、何かしら微妙に変って来たせいか、または、彼のからだが、日頃の不節制のために最近めっきり瘦《や》せ細って来たせいか、いや、いや、単に「とし」のせいか、色即是空《しきそくぜくう》、酒もつまらぬ、小さい家を一軒買い、田舎《いなか》から女房子どもを呼び寄せて、……という里心に似たものが、ふいと胸をかすめて通る事が多くなった。

もう、この辺で、闇商売からも足を洗い、雑誌の編集に専念しよう。それに就いて、……。

それに就いて、さし当っての難関。まず、女たちと上手《じょうず》に別れなければならぬ。思いがそこに到ると、さすが、抜け目の無い彼も、途方にくれて、溜息《ためいき》が出るのだ。

「全部、やめるつもり、……」大男の文士は口をゆがめて苦笑し、「それは結構だが、いったい、お前には、女が幾人あるんだい？」

問　文中の（　）に入る会話文を次の選択肢から選び、記号で答えなさい。（9点）

ア　健康には注意しろよ。
イ　そろそろ年貢《ねんぐ》のおさめ時じゃねえのか。
ウ　迷惑ばかりかけていたな。

答／イ

解説

直前に「お前も」とあるので、老大家と同じようにお前も女好きだということ。直後の「全部やめるつもり」といった返答を引き出す質問を選ぶ。

【問題125】

変心（二）

田島は、泣きべその顔になる。思えば、思うほど、自分ひとりの力では、到底、処理の仕様が無い。金ですむ事なら、わけないけれども、女たちが、それだけで引下るようにも思えない。

「いま考えると、まるで僕は狂っていたみたいなんですよ。とんでもなく、手をひろげすぎて、……」

この初老の不良文士にすべて打ち明け、相談してみようかしらと、ふと思う。

「案外、殊勝《しゅしょう》な事を言いやがる。もっとも、多情な奴に限って奇妙にいやらしいくらい道徳におびえて、そこがまた、女に好かれる所以《ゆえん》でもあるのだがね。男振りがよくて、金があって、若くて、おまけに道徳的で優しいと来たら、そりゃ、もてるよ。当り前の話だ。お前のほうでやめるつもりでも、先方が承知しないぜ、これは。」

「（　1　）」

ハンケチで顔を拭《ふ》く。

「（　2　）」
「（　3　）」
「（　4　）」

闇商売の手伝いをして、道徳的も無いものだが、その文士の指摘したように、田島という男は、多情のくせに、また女にへんに律儀《りちぎ》な一面も持っていて、女たちは、それ故《ゆえ》、少しも心配せずに田島に深くたよっているらしい様子。

問　文中の（　）に入る会話文を次の選択肢から選び、それぞれ一つずつ記号で答えなさい。（9点。全部正解の場合のみ得点）

ア　いいえ、雨で眼鏡の玉が曇《くも》って、……
イ　そこなんです。
ウ　いや、その声は泣いてる声だ。とんだ色男さ。
エ　泣いてるんじゃねえだろうな。

答／　1イ　2エ　3ア　4ウ

解説

イ「そこなんです」の指示内容が（1）の直前の「先方が承知しないぜ」。後は、エ「泣いてる」↓ア「いいえ」↓ウ「いや、その声は」と、論理の順番に並べ替える。

《作品の続き》

「何か、いい工夫《くふう》が無いものでしょうか。」

「無いね。お前が五、六年、外国にでも行って来たらいいだろうが、しかし、いまは簡単に洋行なんか出来ない。いっそ、その女たちを全部、一室に呼び集め、蛍《ほたる》の光でも歌わせて、いや、仰げば尊し、のほうがいいかな、お前が一人々々に卒業証書を授与してね、それからお前は、発狂の真似《まね》をして、まっぱだかで表に飛び出し、逃げる。これなら、たしかだ。女たちも、さすがに呆れて、あきらめるだろうさ。」

まるで相談にも何もならぬ。

「失礼します。僕は、あの、ここから電車で、……」

「まあ、いいじゃないか。つぎの停留場まで歩こう。何せ、これは、お前にとって重大問題だろうからな。二人で、対策を研究してみようじゃないか。」

文士は、その日、退屈していたものと見えて、なかなか田島を放さぬ。

「いいえ、もう、僕ひとりで、何とか、……」

「いや、いや、お前ひとりでは解決できない。まさか、お前、死ぬ気じゃないだろうな。実に、心配になって来た。女に惚《ほ》れられて、死ぬというのは、これは悲劇じゃない、喜劇だ。いや、ファース（茶番）というものだ。滑稽《こっけい》の極《きわみ》だね。誰も同情しやしない。死ぬのはやめたほうがよい。うむ、名案。すごい美人を、どこからか見つけて来てね、そのひとに事情を話し、お前の女房という形になってもらって、それを連れて、お前のその女たち一人々々を歴訪する。効果てきめん。女たちは、皆だまって引下る。どうだ、やってみないか。」

おぼれる者のワラ。田島は少し気が動いた。

行進（一）

田島は、やってみる気になった。しかし、ここにも難関がある。

すごい美人。醜くてすごい女なら、電車の停留場の一区間を歩く度毎《たびごと》に、三十人くらいは発見できるが、すごいほど美しい、という女は、伝説以外に存在しているものかどうか、疑わしい。

もともと田島は器量自慢、おしゃれで虚栄心が強いので、不美人と一緒に歩くと、にわかに腹痛を覚えると称してこれを避け、かれの現在のいわゆる愛人たちも、それぞれかなりの美人ばかりではあったが、しかし、すごいほどの美人、というほどのものは無いようであった。

あの雨の日に、初老の不良文士の口から出まかせの「秘訣《ひけつ》」をさずけられ、何のばからしいと内心一応は反撥《はんぱつ》してみたものの、しかし、自分にも、ちっとも名案らしいものは浮ばない。

まず、試みよ。ひょっとしたらどこかの人生の片すみに、そんなすごい美人がころがっているかも知れない。眼鏡の奥のかれの眼は、にわかにキョロキョロいやらしく動きはじめる。

ダンス・ホール。喫茶店。待合。いない、いない。醜くてすごいものばかり。オフィス、デパート、工場、映画館、はだかレヴュウ。いるはずが無い。女子大の校庭のあさましい垣《かき》のぞきをしたり、ミス何とかの美人競争の会場にかけつけたり、映画のニューフェースとやらの試験場に見学と称してまぎれ込んだり、やたらと歩き廻ってみたが、いない。

【問題126】

獲物は帰り道にあらわれる。

かれはもう、絶望しかけて、夕暮の新宿駅裏の闇市をすこぶる憂鬱《ゆううつ》な顔をして歩いていた。彼のいわゆる愛人たちのところを訪問してみる気も起らぬ。思い出すさえ、ぞっとする。別れなければならぬ。

「（　1　）」

出し抜けに背後から呼ばれて、飛び上らんばかりに、ぎょっとした。

「（　2　）」

「（　3　）」

声が悪い。鴉声《からすごえ》というやつだ。

「（　4　）」

と見直した。まさに、お見それ申したわけであった。

彼は、その女を知っていた。闇屋、いや、かつぎ屋である。彼はこの女と、ほんの二、三度、闇の物資の取引きをした事があるだけだが、しかし、この女の鴉声と、それから、おどろくべき怪力に依《よ》って、この女を記憶している。やせた女ではあるが、十貫は楽に背負う。

さかなくさくて、ドロドロのものを着て、モンペにゴム長、男だか女だか、わけがわからず、ほとんど乞食《こじき》の感じで、おしゃれの彼は、その女と取引きしたあとで、いそいで手を洗ったくらいであった。

とんでもないシンデレラ姫。洋装の好みも高雅。からだが、ほっそりして、手足が可憐《かれん》に小さく、二十三、四、いや、五、六、顔は愁《うれ》いを含んで、梨《なし》の花の如《ごと》く幽《かす》かに青く、まさしく高貴、すごい美人、これがあの十貫を楽に背負うかつぎ屋とは。

声の悪いのは、傷だが、それは沈黙を固く守らせておればいい。

使える。

問　文中の（　）に入る会話文を次の選択肢から選び、それぞれ一つずつ記号で答えなさい。（9点。全部正解の場合のみ得点）
ア　ええっと、どなただったかな？
イ　へえ？
ウ　あら、いやだ。
エ　田島さん！

答／　1エ　2ア　3ウ　4イ

解説

（1）は直後に「背後から呼ばれて」とあるから、エ。（2）は田島のセリフなので、ア。（3）は、「どなただったかな？」の答で、ウ「あら、いやだ」、（4）は、直後に「お見それ申した」とあるので、驚いた様子である、イ「へえ？」。

【問題127】

行進（二）

馬子《まご》にも衣裳《いしょう》というが、ことに女は、その装い一つで、何が何やらわけのわからぬくらいに変る。元来、化け物なのかも知れない。しかし、この女（永井キヌ子という）のように、こんなに見事に変身できる女も珍らしい。

「さては、相当ため込んだね。いやに、りゅうとしてるじゃないか。」

「あら、いやだ。」

どうも、声が悪い。高貴性も何も、一ぺんに吹き飛ぶ。

「（1）」

「（2）」

「（3）」

「（4）」

言うことが、いちいちゲスである。

問　文中の（　）に入る会話文を次の選択肢から選び、それぞれ一つずつ記号で答えなさい。（9点。全部正解の場合のみ得点）

ア　あなたは、ケチで値切ってばかりいるから、……
イ　いや、商売の話じゃない。ぼくはもう、そろそろ足を洗うつもりでいるんだ。君は、まだ相変らず、かついでいるのか。
ウ　あたりまえよ。かつがなきゃおまんまが食べられませんからね。
エ　君に、たのみたい事があるのだがね。

答／　1エ　2ア　3イ　4ウ

解説

田島とキヌ子との会話であることを意識する。（1）が難しいので、イ「いや、商売の話じゃない」に着目することから始める。ア「ケチで値切ってばかり」→イ「いや、商売の話じゃない」「相変らず、かついでいるのか」→ウ「あたりまえよ」といった話の流れを捕まえる。

《作品の続き》

「でも、そんな身なりでも無いじゃないか。」

「そりゃ、女性ですもの。たまには、着飾って映画も見たいわ。」

「きょうは、映画か？」

「そう。もう見て来たの。あれ、何ていったかしら、アシクリゲ、……」

「膝栗毛《ひざくりげ》だろう。ひとりでかい？」

「あら、いやだ。男なんて、おかしくって。」

「そこを見込んで、頼みがあるんだ。一時間、いや、三十分でいい、顔を貸してくれ。」

「いい話？」

「君に損はかけない。」

二人ならんで歩いていると、すれ違うひとの十人のうち、八人は、振りかえって、見る。田島を見るのでは無く、キヌ子を見るのだ。さすが好男子の田島も、それこそすごいほどのキヌ子の気品に押されて、ゴミっぽく、貧弱に見える。

田島はなじみの闇の料理屋へキヌ子を案内する。

「ここ、何か、自慢の料理でもあるの？」

「そうだな、トンカツが自慢らしいよ。」

「いただくわ。私、おなかが空《す》いてるの。それから、何が出来るの？」

「たいてい出来るだろうけど、いったい、どんなものを食べたいんだい。」

「ここの自慢のもの。トンカツの他に何か無いの？」

「ここのトンカツは、大きいよ。」

「ケチねえ。あなたは、だめ。私奥へ行って聞いて来るわ。」

怪力、大食い、これが、しかし、全くのすごい美人なのだ。取り逃がしてはならぬ。

田島はウイスキイを飲み、キヌ子のいくらでもいくらでも澄まして食べるのを、すこぶるいまいましい気持でながめながら、彼のいわゆる頼み事について語った。キヌ子は、ただ食べながら、聞いているのか、いないのか、ほとんど彼の物語りには興味を覚えぬ様子であった。

「引受けてくれるね？」

「バカだわ、あなたは。まるでなってやしないじゃないの。」

行進（三）

田島は敵の意外の鋭鋒《えいほう》にたじろぎながらも、

「そうさ、全くなってやしないから、君にこうして頼むんだ。往生しているんだよ。」

「何もそんな、めんどうな事をしなくても、いやになったら、ふっとそれっきりあわなければいいじゃないの。」

「そんな乱暴な事は出来ない。相手の人たちだって、これから、結婚するかも知れないし、また、新しい愛人をつくるかも知れない。相手のひとたちの気持をちゃんときめさせるようにするのが、男の責任さ。」

「ぷ！　とんだ責任だ。別れ話だの何だのと言って、またイチャつきたいのでしょう？　ほんとに助平《すけべい》そうなツラをしている。」

「おいおい、あまり失敬な事を言ったら怒るぜ。失敬にも程度があるよ。食ってばかりいるじゃないか。」

「キントンが出来ないかしら。」

「まだ、何か食う気かい？　胃拡張とちがうか。病気だぜ、君は。いちど医者に見てもらったらどうだい。さっきから、ずいぶん食ったぜ。もういい加減によせ。」

「ケチねえ、あなたは。女は、たいてい、これくらい食うの普通だわよ。もうたくさん、なんて断っているお嬢さんや何か、あれは、ただ、色気があるから体裁をとりつくろっているだけなのよ。私なら、いくらでも、食べられるわよ。」

「いや、もういいだろう。ここの店は、あまり安くないんだよ。君は、いつも、こんなにたくさん食べるのかね。」

「じょうだんじゃない。ひとのごちそうになる時だけよ。」

「それじゃね、これから、いくらでも君に食べさせるから、ぼくの頼み事も聞いてくれ。」

「でも、私の仕事を休まなければならないんだから、損よ。」

「それは別に支払う。君のれいの商売で、儲《もう》けるぶんくらいは、その都度《つど》きちんと支払う。」

【問題128】

「ただ、あなたについて歩いていたら、いいの？」

「まあ、そうだ。ただし、条件が二つある。（　　1　　）たのむぜ。（　　2　　）（　　3　　）ぼくと二人きりになったら、そりゃ、いくら食べてもかまわないけど、ひとの前では、まずお茶一ぱいくらいのところにしてもらいたい。」

問　文中の（　　）に入る会話文を次の選択肢から選び、それぞれ一つずつ記号で答えなさい。（9点。全部正解の場合のみ得点）

ア　笑ったり、うなずいたり、首を振ったり、まあ、せいぜいそれくらいのところにしていただく。

イ　よその女のひとの前では一言も、ものを言ってくれるな。

ウ　もう一つは、ひとの前で、ものを食べない事。

答／　1イ　2ア　3ウ

解説

「条件が二つある」から、（1）には一つ目の条件が入ると分かる。二つ目の条件がウであるが、アは一つ目の条件に関してのことだから、(2)に入る。

《作品の続き》

「その他、お金もくれるんでしょう？　あなたは、ケチで、ごまかすから。」

「心配するな。ぼくだって、いま一生懸命なんだ。これが失敗したら、身の破滅さ。」

「フクスイの陣って、とこね。」

「フクスイ？　バカ野郎、ハイスイ（背水）の陣だよ。」

「あら、そう？」

けろりとしている。田島は、いよいよ、にがにがしくなるばかり。しかし、美しい。りんとして、この世のものとも思えぬ気品がある。

トンカツ。鶏のコロッケ。マグロの刺身《さしみ》。イカの刺身。支那《しな》そば。ウナギ。よせなべ。牛の串焼《くしやき》。にぎりずしの盛合せ。海老《えび》サラダ。イチゴミルク。

その上、キントンを所望とは。まさか女は誰でも、こんなに食うまい。いや、それとも？

行進（四）

キヌ子のアパートは、世田谷方面にあって、朝はれいの、かつぎの商売に出るので、午後二時以後なら、たいていひまだという。田島は、そこへ、一週間にいちどくらい、みなの都合のいいような日に、電話をかけて連絡をして、そうしてどこかで落ち合せ、二人そろって別離の相手の女のところへ向って行進することをキヌ子と約す。

そうして、数日後、二人の行進は、日本橋のあるデパート内の美容室に向って開始せられる事になる。

おしゃれな田島は、一昨年の冬、ふらりとこの美容室に立ち寄って、パーマネントをしてもらった事がある。そこの「先生」は、青木さんといって三十歳前後の、いわゆる戦争未亡人である。ひっかけるなどというのではなく、むしろ女のほうから田島について来たような形であった。青木さんは、そのデパートの築地《つきじ》の寮から日本橋のお店にかよっているのであるが、収入は、女ひとりの生活にやっとというところ。そこで、田島はその生活費の補助をするという事になり、いまでは、築地の寮でも、田島と青木さんとの仲は公認せられている。

けれども、田島は、青木さんの働いている日本橋のお店に顔を出す事はめったに無い。田島の如きあか抜けた好男子の出没は、やはり彼女の営業を妨げるに違いないと、田島自身が考えているのである。

それが、いきなり、すごい美人を連れて、彼女のお店にあらわれる。

「こんちは。」というあいさつさえも、よそよそしく、「きょうは女房を連れて来ました。疎開先から、こんど呼び寄せたのです。」

それだけで十分。青木さんも、目もと涼しく、肌《はだ》が白くやわらかで、愚かしいところの無いかなりの美人ではあったが、キヌ子と並べると、まるで銀の靴と兵隊靴くらいの差があるように思われた。

二人の美人は、無言で挨拶《あいさつ》を交《かわ》した。青木さんは、既に卑屈な泣きべそみたいな顔になっている。もはや、勝敗の数は明かであった。

前にも言ったように、田島は女に対して律儀な一面も持っていて、いまだ女に、自分が独身だなどとウソをついた事が無い。田舎に妻子を疎開させてあるという事は、はじめから皆に打明けてある。それが、いよいよ夫の許《もと》に帰って来た。しかも、その奥さんたるや、若くて、高貴で、教養のゆたからしい絶世の美人。

さすがの青木さんも、泣きべそ以外、てが無かった。

「女房の髪をね、一つ、いじってやって下さい。」と田島は調子に乗り、完全にとどめを刺そうとする。「銀座にも、どこにも、あなたほどの腕前のひとは無いってうわさですからね。」

それは、しかし、あながちお世辞でも無かった。事実、すばらしく腕のいい美容師であった。

キヌ子は鏡に向って腰をおろす。

青木さんは、キヌ子に白い肩掛けを当て、キヌ子の髪をときはじめ、その眼には、涙が、いまにもあふれ出るほど一ぱい。

キヌ子は平然。

かえって、田島は席をはずした。

行進（五）

セットの終ったころ、田島は、そっとまた美容室にはいって来て、一すんくらいの厚さの紙幣のたばを、美容師の白い上衣《うわぎ》のポケットに滑りこませ、ほとんど祈るような気持で、

「グッド・バイ。」

とささやき、その声が自分でも意外に思ったくらい、いたわるような、あやまるような、優しい、哀調に似たものを帯びていた。

キヌ子は無言で立上る。青木さんも無言で、キヌ子のスカートなど直してやる。田島は、一足さきに外に飛び出す。

ああ、別離は、くるしい。

キヌ子は無表情で、あとからやって来て、

「そんなに、うまくも無いじゃないの。」

「何が?」

「パーマ。」

バカ野郎! とキヌ子を怒鳴ってやりたくなったが、しかし、デパートの中なので、こらえた。青木という女は、他人の悪口など決して言わなかった。お金もほしがらなかったし、よく洗濯もしてくれた。


【問題129】

「これで、もう、おしまい?」

「そう。」

田島は、ただもう、やたらにわびしい。

「あんな事で、もう、わかれてしまうなんて、あの子も、意久地《いくじ》が無いね。ちょっと、べっぴんさんじゃないか。あのくらいの器量なら、……」

「やめろ！（　１　）（　２　）（　３　）（　４　）君のその鴉《からす》の声みたいなのを聞いていると、気が狂いそうになる。」

「おやおや、おそれいりまめ。」

わあ！　何というゲスな駄じゃれ。全く、田島は気が狂いそう。

問　文中の（　）に入る会話文を次の選択肢から選び、それぞれ一つずつ記号で答えなさい。（9点。全部正解の場合のみ得点）

ア　あの子だなんて、失敬な呼び方は、よしてくれ。
イ　とにかく、黙っていてくれ。
ウ　おとなしいひとなんだよ、あのひとは。
エ　君なんかとは、違うんだ。

答／　1ア　2ウ　3エ　4イ

解説

（1）には、「やめろ」の内容が来るはず。ウとエは内容的に連続している。イ「黙っていてくれ」は、「君のその鴉の声みたいなのを〜」の直前に来る。

《作品の続き》

田島は妙な虚栄心から、女と一緒に歩く時には、彼の財布《さいふ》を前以《もつ》て女に手渡し、もっぱら女に支払わせて、彼自身はまるで勘定などに無関心のような、おうようの態度を装うのである。しかし、いままで、どの女も、彼に無断で勝手な買い物などはしなかった。

けれども、おそれいりまめ女史は、平気でそれをやった。デパートには、いくらでも高価なものがある。堂々と、ためらわず、いわゆる高級品を選び出し、しかも、それは不思議なくらい優雅で、趣味のよい品物ばかりである。

「いい加減に、やめてくれねえかなあ。」

「ケチねえ。」

「これから、また何か、食うんだろう？」

「そうね、きょうは、我慢してあげるわ。」

「財布をかえしてくれ。これからは、五千円以上、使ってはならん。」

いまは、虚栄もクソもあったものでない。

「そんなには、使わないわ。」

「いや、使った。あとでぼくが残金を調べてみれば、わかる。一万円以上は、たしかに使った。こないだの料理だって安くなかったんだぜ。」

「そんなら、よしたら、どう？　私だって何も、すき好んで、あなたについて歩いているんじゃないわよ。」

脅迫にちかい。

田島は、ため息をつくばかり。

怪力（一）

しかし、田島だって、もともとただものでは無いのである。闇商売《やみしょうばい》の手伝いをして、一挙に数十万は楽にもうけるという、いわば目から鼻に抜けるほどの才物であった。

キヌ子にさんざんムダ使いされて、黙って海容《かいよう》の美徳を示しているなんて、とてもそんな事の出来る性格ではなかった。何か、それ相当のお返しをいただかなければ、どうしたって、気がすまない。

あんちきしょう！　生意気だ。ものにしてやれ。

別離の行進は、それから後の事だ。まず、あいつを完全に征服し、あいつを遠慮深くて従順で質素で小食の女に変化させ、しかるのちにまた行進を続行する。いまのままだと、とにかく金がかかって、行進の続行が不可能だ。

勝負の秘訣《ひけつ》。敵をして近づかしむべからず、敵に近づくべし。

彼は、電話の番号帳により、キヌ子のアパートの所番地を調べ、ウイスキイ一本とピイナツを二袋だけ買い求め、腹がへったらキヌ子に何かおごらせてやろうという下心、そうしてウイスキイをがぶがぶ飲んで、酔いつぶれた振りをして寝てしまえば、あとは、こっちのものだ。だいいち、ひどく安上りである。部屋代も要《い》らない。

女に対して常に自信満々の田島ともあろう者が、こんな乱暴な恥知らずの、エゲツない攻略の仕方を考えつくとは、よっぽど、かれ、どうかしている。あまりに、キヌ子にむだ使いされたので、狂うような気持になっているのかも知れない。色慾のつつしむべきも、さる事ながら、人間あんまり金銭に意地汚くこだわり、モトを取る事ばかりあせっていても、これもまた、結果がどうもよくないようだ。

田島は、キヌ子を憎むあまりに、ほとんど人間ばなれのしたケチな卑《いや》しい計画を立て、果して、死ぬほどの大難に逢うに到った。

夕方、田島は、世田谷のキヌ子のアパートを捜し当てた。古い木造の陰気くさい二階建のアパートである。キヌ子の部屋は、階段をのぼってすぐ突当りにあった。

ノックする。

「だれ？」

中から、れいの鴉声《からすごえ》。

ドアをあけて、田島はおどろき、立ちすくむ。

乱雑。悪臭。

ああ、荒涼《こうりょう》。四畳半。その畳の表は真黒く光り、波の如く高低があり、縁《へり》なんてその痕《こん》跡《せき》をさえとどめていない。部屋一ぱいに、れいのかつぎの商売道具らしい石油かんやら、りんご箱やら、一升ビンやら、何だか風呂敷に包んだものやら、鳥かごのようなものやら、紙くずやら、ほとんど足の踏み場も無いくらいに、ぬらついて散らばっている。

「なんだ、あなたか。なぜ、来たの？」

そのまた、キヌ子の服装たるや、数年前に見た時の、あの乞食姿、ドロドロによごれたモンぺをはき、まったく、男か女か、わからないような感じ。

部屋の壁には、無尽会社の宣伝ポスター、たった一枚、他にはどこを見ても装飾らしいものがない。カーテンさえ無い。これが、二十五、六の娘の部屋か。小さい電球が一つ暗くともって、ただ荒涼。

怪力（二）

「あそびに来たのだけどね、」と田島は、むしろ恐怖におそわれ、キヌ子同様の鴉声になり、「でも、また出直して来てもいいんだよ。」

「何か、こんたんがあるんだわ。むだには歩かないひとなんだから。」

「いや、きょうは、本当に、……」

「もっと、さっぱりなさいよ。あなた、少しニヤケ過ぎてよ。」

それにしても、ひどい部屋だ。

ここで、あのウイスキイを飲まなければならぬのか。ああ、もっと安いウイスキイを買って来るべきであった。

「ニヤケているんじゃない。キレイというものなんだ。君は、きょうはまた、きたな過ぎるじゃないか。」

にがり切って言った。

「きょうはね、ちょっと重いものを背負ったから、少し疲れて、いままで昼寝をしていたの。ああ、そう、いいものがある。お部屋へあがったらどう？　割に安いのよ。」

どうやら商売の話らしい。もうけ口なら、部屋の汚なさなど問題でない。田島は、靴を脱ぎ、畳の比較的無難なところを選んで、外套《がいとう》のままあぐらをかいて坐る。

「あなた、カラスミなんか、好きでしょう？　酒飲みだから。」

「大好物だ。ここにあるのかい？　ごちそうになろう。」

「冗談じゃない。お出しなさい。」

キヌ子は、おくめんも無く、右の手のひらを田島の鼻先に突き出す。

田島は、うんざりしたように口をゆがめて、

「君のする事なす事を見ていると、まったく、人生がはかなくなるよ。その手は、ひっこめてくれ。カラスミなんて、要らねえや。あれは、馬が食うもんだ。」

「安くしてあげるったら、ばかねえ。おいしいのよ、本場ものだから。じたばたしないで、お出し。」

からだをゆすって、手のひらを引込めそうも無い。

不幸にして、田島は、カラスミが実に全く大好物、ウイスキイのさかなに、あれがあると、もう何も要らん。

「少し、もらおうか。」

田島はいまいましそうに、キヌ子の手のひらに、大きい紙幣を三枚、載せてやる。

「もう四枚。」

キヌ子は平然という。

田島はおどろき、

「バカ野郎、いい加減にしろ。」

「ケチねえ、一ハラ気前よく買いなさい。鰹節《かつおぶし》を半分に切って買うみたい。ケチねえ。」

「よし、一ハラ買う。」


【問題130】

さすが、ニヤケ男の田島も、ここに到って、しんから怒り、

「そら、一枚、二枚、三枚、四枚。これでいいだろう。（　1　）」

「（　2　）（　3　）」
「（　4　）これから、ウイスキイとカラスミだ。うん、ピイナツもある。これは、君にあげる。」

問　文中の（　）に入る会話文を次の選択肢から選び、それぞれ一つずつ記号で答えなさい。（9点。全部正解の場合のみ得点）

ア　捨てりゃ、ネギでも、しおれて枯れる、ってさ。
イ　手をひっこめろ。君みたいな恥知らずを産んだ親の顔が見たいや。
ウ　なんだ、身の上話はつまらん。コップを借してくれ。
エ　私も見たいわ。そうして、ぶってやりたいわ。

答／　1イ　2エ　3ア　4ウ

解説

（1）から順番に解くのではなく、分かったところから順次解いていくのがコツ。（4）の直後から、（4）には、ウ「コップを借してくれ」が入る。イ「親の顔が見たい」↓

エ「私も見たい」「ぶってやりたい」→ア「捨てりゃ」となる。

ここでキヌ子は、親から捨てられたことが分かる。

《作品の続き》

怪力（三）

田島は、ウイスキイを大きいコップで、ぐい、ぐい、と二挙動で飲みほす。きょうこそは、何とかしてキヌ子におごらせてやろうという下心で来たのに、逆にいわゆる「本場もの」のおそろしく高いカラスミを買わされ、しかも、キヌ子は惜しげも無くその一ハラのカラスミを全部、あっと思うまもなくざくざく切ってしまって汚いドンブリに山盛りにして、それに代用味《あじ》の素《もと》をどっさり振りかけ、

「召し上れ。味の素は、サーヴィスよ。気にしなくたっていいわよ。」

カラスミ、こんなにたくさん、とても食べられるものでない。それにまた、味の素を振りかけるとは滅茶苦茶だ。田島は悲痛な顔つきになる。七枚の紙幣をろうそくの火でもやしたって、これほど痛烈な損失感を覚えないだろう。実に、ムダだ。意味無い。

山盛りの底のほうの、代用味の素の振りかかっていない一片のカラスミを、田島は、泣きたいような気持で、つまみ上げて食べながら、

「君は、自分でお料理した事ある？」

と今は、おっかなびっくりで尋ねる。

「やれば出来るわよ。めんどうくさいからしないだけ。」

「お洗濯は？」

「バカにしないでよ。私は、どっちかと言えば、きれいずきなほうだわ。」

「きれいずき？」

田島はぼう然と、荒涼、悪臭の部屋を見廻す。

「この部屋は、もとから汚くて、手がつけられないのよ。それに私の商売が商売だから、どうしたって、部屋の中がちらかってね。見せましょうか、押入れの中を。」

立って押入れを、さっとあけて見せる。

田島は眼をみはる。

清潔、整然、金色の光を放ち、ふくいくたる香気が発するくらい。タンス、鏡台、トランク、下駄箱《げたばこ》の上には、可憐《かれん》に小さい靴が三足、つまりその押入れこそ、鴉声のシンデレラ姫

の、秘密の楽屋であったわけである。

すぐにまた、ぴしゃりと押入れをしめて、キヌ子は、田島から少し離れて居汚く坐り、

「おしゃれなんか、一週間にいちどくらいでたくさん。べつに男に好かれようとも思わないし、ふだん着は、これくらいで、ちょうどいいのよ。」


【問題131】


「（　1　）」

「（　2　）」

「（　3　）」

「（　4　）」

「くさい仲、というものさね。」

酔うにつれて、荒涼たる部屋の有様も、またキヌ子の乞食の如き姿も、あまり気にならなくなり、ひとつこれは、当初のあのプランを実行して見ようかという悪心がむらむら起る。

「ケンカするほど深い仲、ってね。」

とはまた、下手《へた》な口説《くど》きよう。しかし、男は、こんな場合、たとい大人物、大学者と言わ

れているほどのひとでも、かくの如きアホーらしい口説き方をして、しかも案外に成功しているものである。

問　文中の（　）に入る会話文を次の選択肢から選び、それぞれ一つずつ記号で答えなさい。（9点。全部正解の場合のみ得点）

ア　でも、そのモンペは、ひどすぎるんじゃないか？　非衛生的だ。

イ　くさい。

ウ　上品ぶったって、ダメよ。あなただって、いつも酒くさいじゃないの。いやな、におい。

エ　なぜ？

答／　1ア　2エ　3イ　4ウ

解説

エ「なぜ？」に着目する。ア「モンペは、ひどすぎる」に対して、キヌ子は「なぜ？」と問い返したのだ。さらに、イ「くさい」↓ウ「あなただって、いつも酒くさいじゃないの」とつながる。

《作品の続き》

怪力（四）

「ピアノが聞えるね。」

彼は、いよいよキザになる。眼を細めて、遠くのラジオに耳を傾ける。

「あなたにも音楽がわかるの？　音痴みたいな顔をしているけど。」

「ばか、僕の音楽通を知らんな、君は。名曲ならば、一日一ぱいでも聞いていたい。」

「あの曲は、何？」

「ショパン。」

でたらめ。

「へえ？　私は越後獅子《えちごじし》かと思った。」

音痴同志のトンチンカンな会話。どうも、気持が浮き立たぬので、田島は、すばやく話頭を転ずる。

【問題132】


「（　1　）」

「（　2　）」

「（　3　）」

急に不快になって、さらにウイスキイをがぶりと飲む。こりゃ、もう駄目《だめ》かも知れない。

しかし、ここで敗退しては、色男としての名誉にかかわる。どうしても、ねばって成功しなければならぬ。

「（　4　）」

自分で言って、自分でそのいやらしい口調に寒気を覚えた。これは、いかん。少し時刻が早いけど、もう酔いつぶれた振りをして寝てしまおう。

問　文中の（　）に入る会話文を次の選択肢から選び、それぞれ一つずつ記号で答えなさい。（9点。全部正解の場合のみ得点）

ア　ばからしい。あなたみたいな淫乱《いんらん》じゃありませんよ。
イ　恋愛と淫乱とは、根本的にちがいますよ。君は、なんにも知らんらしいね。教えてあげましょうかね。

ウ　言葉をつつしんだら、どうだい。ゲスなやつだ。

エ　君も、しかし、いままで誰かと恋愛した事は、あるだろうね。

答／　1エ　2ア　3ウ　4イ

解説

まず（4）の直後の「いやらしい口調」から、（4）にはイが入る。残り三つの順番を考える。エ「恋愛した事は、あるだろうね」↓ア「ばからしい」「あなたみたいな淫乱じゃありませんよ」↓ウ「言葉をつつしんだら、どうだい」と、つながっていく。

《作品の続き》

「ああ、酔った。すきっぱらに飲んだので、ひどく酔った。ちょっとここへ寝かせてもらおうか。」

「だめよ！」

鴉声が蛮声に変った。

「ばかにしないで！　見えすいていますよ。泊りたかったら、五十万、いや百万円お出し。」

すべて、失敗である。

「何も、君、そんなに怒る事は無いじゃないか。酔ったから、ここへ、ちょっと、……」

「だめ、だめ、お帰り。」

キヌ子は立って、ドアを開け放す。

田島は窮して、最もぶざまで拙劣な手段、立っていきなりキヌ子に抱きつこうとした。グワンと、こぶしで頰《ほお》を殴《なぐ》られ、田島は、ぎゃっという甚だ奇怪な悲鳴を挙げた。その瞬間、田島は、十貫を楽々とかつぐキヌ子のあの怪力を思い出し、慄然《りつぜん》として、

「ゆるしてくれえ。どろぼう！」

とわけのわからぬ事を叫んで、はだしで廊下に飛び出した。

キヌ子は落ちついて、ドアをしめる。

しばらくして、ドアの外で、

「あのう、僕の靴を、すまないけど。……それから、ひものようなものがありましたら、お願いします。眼鏡のツルがこわれましたから。」

色男としての歴史に於いて、かつて無かった大屈辱にはらわたの煮えくりかえるのを覚えつつ、彼はキヌ子から恵まれた赤いテープで、眼鏡をつくろい、その赤いテープを両耳にか

け、

「ありがとう！」

ヤケみたいにわめいて、階段を降り、途中、階段を踏みはずして、また、ぎゃっと言った。

コールド・ウォー（一）

田島は、しかし、永井キヌ子に投じた資本が、惜しくてならぬ。こんな、割の合わぬ商売をした事が無い。何とかして、彼女を利用し活用し、モトをとらなければ、ウソだ。しかし、あの怪力、あの大食い、あの強慾。

あたたかになり、さまざまの花が咲きはじめたが、田島ひとりは、頗《すこぶ》る憂鬱《ゆううつ》。あの大失敗の夜から、四、五日経ち、眼鏡も新調し、頬のはれも引いてから、彼は、とにかくキヌ子のアパートに電話をかけた。ひとつ、思想戦に訴えて見ようと考えたのである。

【問題133】「もし、もし。田島ですがね、こないだは、酔っぱらいすぎて、あははははは。」

「女がひとりでいるとね、いろんな事があるわ。気にしてやしません。」

「いや、僕もあれからいろいろ深く考えましたがね、結局、ですね、僕が女たちと別れて小さい家を買って、田舎《いなか》から妻子を呼び寄せ、幸福な家庭をつくる、という事ですね、これは、道徳上、悪い事でしょうか。」

「あなたの言う事、何だか、わけがわからないけど、男のひとは誰でも、（　1　）」

「（　2　）」

「（　3　）」

「（　4　）」

「（　5　）」

問　文中の（　）に入る会話文を次の選択肢から選び、それぞれ一つずつ記号で答えなさい。（10点。全部正解の場合のみ得点）

ア　お金の事ばかり言ってないで、……道徳のね、つまり、思想上のね、その問題なんですがね、君はどう考えますか？

イ　お金が、うんとたまると、そんなケチくさい事を考えるようになるらしいわ。
ウ　何も考えないわ。あなたの事なんか。
エ　けっこうな事じゃないの。どうも、よっぽどあなたは、ためたな？
オ　それが、だから、悪い事でしょうか。

答／　1イ　2オ　3エ　4ア　5ウ

解説

今回は空所が五つと多いので、選択肢を整理する。田島のセリフがア・オ。それに対して、キヌ子のセリフがイ・ウ・エと一つ多い。
（1）はキヌ子で、イ「ケチくさい事を考える」↓田島で、オ「それが、だから、悪い事でしょうか」↓キヌ子で、エ「けっこうな事じゃないの」「ためたな？」↓田島で、ア「お金の事ばかり言ってないで」「君はどう考えますか？」↓キヌ子で、ウ「何も考えないわ。あなたの事なんか」とつながっている。
「君はどう考えますか？」に対して、キヌ子の「何も考えないわ。あなたの事なんか」は、話が微妙に嚙み合っているようで嚙み合っていない面白さがある。

《作品の続き》

「それは、まあ、無論そういうものでしょうが、僕はね、これはね、いい事だと思うんです。」

「そんなら、それで、いいじゃないの？　電話を切るわよ。そんな無駄話は、いや。」

「しかし、僕にとっては、本当に死活の大問題なんです。僕は、道徳は、やはり重んじなけりゃならん、と思っているんです。たすけて下さい、僕を、たすけて下さい。僕は、いい事をしたいんです。」

「へんねえ。また酔った振りなんかして、ばかな真似《まね》をしようとしているんじゃないでしょうね。あれは、ごめんですよ。」

「からかっちゃいけません。人間には皆、善事を行おうとする本能がある。」

「電話を切ってもいいんでしょう？　他にもう用なんか無いんでしょう？　さっきから、おしっこが出たくて、足踏みしているのよ。」

「ちょっと待って下さい、ちょっと。一日、三千円でどうです。」

思想戦にわかに変じて金の話になった。

「ごちそうが、つくの？」

「いや、そこを、たすけて下さい。僕もこの頃どうも収入が少くてね。」

「一本（一万円のこと）でなくちゃ、いや。」

「それじゃ、五千円。そうして下さい。これは、道徳の問題ですからね。」

「おしっこが出たいのよ。もう、かんにんして。」

「五千円で、たのみます。」

「ばかねえ、あなたは。」

くつくつ笑う声が聞える。承知の気配だ。

コールド・ウォー（二）

こうなったら、とにかく、キヌ子を最大限に利用し活用し、一日五千円を与える他は、パン一かけら、水一ぱいも饗応《きようおう》せず、思い切り酷使しなければ、損だ。温情は大の禁物、わが身の破滅。

キヌ子に殴られ、ぎゃっという奇妙な悲鳴を挙げても、田島は、しかし、そのキヌ子の怪力を逆に利用する術《すべ》を発見した。

彼のいわゆる愛人たちの中のひとりに、水原ケイ子という、まだ三十前の、あまり上手《じようず》でない洋画家がいた。田園調布のアパートの二部屋を借りて、一つは居間、一つはアトリエに使っていて、田島は、その水原さんが或る画家の紹介状を持って、「オベリスク」に、さし画でもカットでも何でも描かせてほしいと顔を赤らめ、おどおどしながら申し出たのを可愛く思い、わずかずつ彼女の生計を助けてやる事にしたのである。物腰がやわらかで、無口で、そうして、ひどい泣き虫の女であった。けれども、吠《ほ》え狂うような、はしたない泣き方などは決してしない。童女のような可憐な泣き方なので、まんざらでない。

しかし、たった一つ非常な難点があった。彼女には、兄があった。永く満洲で軍隊生活をして、小さい時からの乱暴者の由で、骨組もなかなか頑丈《がんじょう》の大男らしく、彼は、はじめてその話をケイ子から聞かされた時には、実に、いやあな気持がした。どうも、この、恋人の兄の軍曹《ぐんそう》とか伍長《ごちょう》とかいうものは、ファウストの昔から、色男にとって甚だ不吉な存在だという事になっている。

その兄が、最近、シベリヤ方面から引揚げて来て、そうして、ケイ子の居間に、頑張っているらしいのである。

田島は、その兄と顔を合せるのがイヤなので、ケイ子をどこかへ引っぱり出そうとして、そのアパートに電話をかけたら、いけない、

「自分は、ケイ子の兄でありますが。」

という、いかにも力のありそうな男の強い声。はたして、いたのだ。

「雑誌社のものですけど、水原先生に、ちょっと、画の相談、……」

語尾が震えている。

【問題134】

「ダメです。風邪《かぜ》をひいて寝ています。仕事は、当分ダメでしょう。」

運が悪い。ケイ子を引っぱり出す事は、まず不可能らしい。

しかし、ただ兄をこわがって、いつまでもケイ子との別離をためらっているのは、ケイ子に対しても失礼みたいなものだ。それに、ケイ子が風邪で寝ていて、おまけに引揚者の兄が寄宿しているのでは、お金にも、きっと不自由しているだろう。かえって、いまは、チャンスというものかも知れない。病人に優しい見舞いの言葉をかけ、そうしてお金をそっと差し出す。兵隊の兄も、まさか殴りやしないだろう。或《ある》いは、ケイ子以上に、感激し握手など求めるかも知れない。もし万一、自分に乱暴を働くようだったら、……その時こそ、永井キヌ子の怪力のかげに隠れるといい。

まさに百パーセントの利用、活用である。

「いいかい？　たぶん大丈夫だと思うけどね、そこに乱暴な男がひとりいてね、もしそいつが腕を振り上げたら、（　　　）なあに、弱いやつらしいんですがね。」

彼は、めっきりキヌ子に、ていねいな言葉でものを言うようになっていた。

（未完）

問　文中の（　　）に入る会話文を次の選択肢から選び、記号で答えなさい。（9点）

ア　素早く私をかばいなさい。
イ　投げ飛ばしてしまえばいい。
ウ　一目散に逃げるんだ。
エ　君は軽くこう、取りおさえて下さい。

答／エ

解説

空所直後の「ていねいな言葉でものを言うようになっていた」から、判断。

『グッド・バイ』は未完なので、この先を想像してみるのも楽しいかもしれない。だが、この作品は太宰の今までの作品と異なり、妙に軽妙で、ユーモラスである。この明るさはいったいどこから来るのだろうか?

太宰は『右大臣実朝』の中で、人は滅んでいくときは明るくなるものだと書いた。太宰がこの作品で何を表現しようとしていたのかは謎のままであるが、死を決意したときに初めて、太宰は自分自身が背負っていたどうにもならない重たいものから解放されたように思えたのかもしれない。

◎あなたの日本語力を採点しよう!

90点以上　日本語博士レベル　70点以上　日本語上級レベル

50点以上　日本語中級レベル　50点未満　日本語初級レベル

小説の出典は、ちくま文庫版「太宰治全集」に準拠しました。

切りとり線

★読者のみなさまにお願い

この本をお読みになって、どんな感想をお持ちでしょうか。祥伝社のホームページから書評をお送りいただけたら、ありがたく存じます。今後の企画の参考にさせていただきます。また、次ページの原稿用紙を切り取り、左記まで郵送していただいても結構です。

お寄せいただいた書評は、ご了解のうえ新聞・雑誌などを通じて紹介させていただくこともあります。採用の場合は、特製図書カードを差しあげます。

なお、ご記入いただいたお名前、ご住所、ご連絡先等は、書評紹介の事前了解、謝礼のお届け以外の目的で利用することはありません。また、それらの情報を6カ月を超えて保管することもありません。

〒101―8701（お手紙は郵便番号だけで届きます）
祥伝社新書編集部
電話03（3265）2310
祥伝社ホームページ　http://www.shodensha.co.jp/bookreview/

★本書の購買動機（新聞名か雑誌名、あるいは○をつけてください）

＿＿＿＿新聞の広告を見て	＿＿＿＿誌の広告を見て	＿＿＿＿新聞の書評を見て	＿＿＿＿誌の書評を見て	書店で見かけて	知人のすすめで

★100字書評……「太宰《だざい》」で鍛える日本語力

名前

住所

年齢

職業

出口　汪　でぐち・ひろし

1955年、出口王仁三郎の曾孫として東京に生まれる。関西学院大学文学部博士課程修了。専門は日本近代文学。独自の論理的解法を駆使した現代文の授業で、予備校のカリスマ講師となる。デジタル予備校S.P.S主宰。東進衛星予備校講師。『出口汪のシステム現代文』シリーズなど数十点のベストセラー参考書を執筆、累計部数は600万部を超える。祥伝社新書に『再発見　夏目漱石』がある。
オフィシャルサイト
http://deguchi-hiroshi.com/index.html
公式ブログ　http://ameblo.jp/deguchihiroshi/
論理力が身につく論理エンジン
http://www.ronri-engine.jp

「太宰《だざい》」で鍛《きた》える日本語力《にほんごりょく》

出口《でぐち》　汪《ひろし》

2012年3月10日　初版第1刷発行

発行者…………竹内和芳
発行所…………祥伝社しょうでんしゃ
〒101-8701　東京都千代田区神田神保町3-3
電話　03(3265)2081(販売部)
電話　03(3265)2310(編集部)
電話　03(3265)3622(業務部)
ホームページ　http://www.shodensha.co.jp/
装丁者…………盛川和洋
印刷所…………萩原印刷
製本所…………ナショナル製本

Printed in Japan　ISBN978-4-396-11267-7　C0295